U0083763

古典詩歌研究彙刊

第十六輯

龔鵬程　主編

第 1 冊

采菊：「菊」的原始意象與文學象徵
——以屈賦陶詩為主

李珮慈　著

國家圖書館出版品預行編目資料

采菊:「菊」的原始意象與文學象徵——以屈賦陶詩為主／李珮
慈 著 -- 初版 -- 新北市:花木蘭文化出版社,2014〔民 103〕

目 2+136 面;17×24 公分

(古典詩歌研究彙刊 第十六輯;第 1 冊)

ISBN 978-986-322-819-6(精裝)

1.中國文學　2.文學評論　3.菊花

820.91　　　　　　　　　　　　　　　　　　103013513

ISBN-978-986-322-819-6

9 789863 228196

古典詩歌研究彙刊
第十六輯　第一冊
ISBN:978-986-322-819-6

采菊:「菊」的原始意象與文學象徵
——以屈賦陶詩為主

作　　者	李珮慈
主　　編	龔鵬程
總 編 輯	杜潔祥
副總編輯	楊嘉樂
編　　輯	許郁翎
出　　版	花木蘭文化出版社
社　　長	高小娟
聯絡地址	235 新北市中和區中安街七二號十三樓
	電話:02-2923-1455／傳眞:02-2923-1452
網　　址	http://www.huamulan.tw 信箱 hml 810518@gmail.com
印　　刷	普羅文化出版廣告事業
初　　版	2014 年 9 月
定　　價	第十六輯 21 冊(精裝)新台幣 32,000 元

版權所有·請勿翻印

采菊:「菊」的原始意象與文學象徵
——以屈賦陶詩為主

李珮慈　著

作者簡介

李珮慈，1982 年生，出生於臺北。政治大學中文系學士、東華大學中文所碩士，現為中正大學中文所博士生。以讀書為人生之樂事，為尋求生命的靈光，於北、東、南各地旅居與閱讀。碩士班論文，師事高莉芬教授，從事神話與古典文學的跨領域研究，尤以文化人類學為主要研究路徑。目前的研究興趣則朝向神話、文學與思想結合的古典新義研究。並於博士班在學期間參與毛文芳教授主持的中國女詩人作品選注團隊，共同編訂有《中國歷代才媛詩選》（臺灣學生書局）。

提　　要

　　恩斯特・卡西勒在其所建構的「象徵形式哲學」中提出了「人是符號的動物」之名言。可知人之所以為人的主體價值在於其能在符號的交互作用當中，以語言、藝術等符號活動完成文化的創造與傳承。「象」是代表中國文化的符號範疇，歷代的文學家紛紛以「意象」與「象徵」的符號形式來遙承傳統文化與表現生命情調。而在中國文學作品中出現的「菊」意象正是經由各代不同書寫方式的符號象徵——「菊」在文學中的價值溯源於屈原將「菊」與他作品中所推崇的「蘭」並列等同，同時又提出所謂的「夕餐秋菊」的主張，此後在其「香草美人」傳統的推波助瀾之下，「菊」在楚騷系統的發展上，繼承了「巫系文學」的精神，歷經了崇「菊」的魏晉時代，到了陶淵明的「采菊東籬」則成為「菊」的典型。本論文則試圖由「原型批評」的視角進入，輔以民俗學、文化人類學的方式進行比較的視野，討論「菊」這個原始意象從屈賦到陶詩文本中的「衍型」，同時探究各朝代以「菊」為人心寄託之願的多重文化意涵與象徵。

目

次

第一章　緒　論

第一節　研究動機與目的

壹、關於「菊」的傳世文獻與研究動機

　　「菊」屬多年生草本植物，原產中國，自周、秦栽培以來，已有三千年以上的歷史。《禮記・月令》對於「季秋之月」曾云：「鞠（菊）有黃華。〔註1〕」說明了在秋天萬物凋零之時，「菊」正是在此嚴霜下綻放之花，李時珍則在前人的說法上進一步闡釋說：「按陸佃《埤雅》云：菊本作蘜，從鞠。鞠，窮也。《月令》：九月，菊有黃華，華事至此而窮盡，故謂之蘜。節華之名，亦取其應節候也。〔註2〕」即使節氣表徵是後來對「菊」名稱由來的一種解釋，但也不應否認在秋霜抖擻之「菊」的特殊性格或許也是成爲歷代文人歌詠「菊」意象的原因之一。而此種做爲野生栽植的「菊」是如何走進文人書寫的世界呢？打從屈原在〈九歌・禮魂〉中說道：

〔註1〕參見〔漢〕鄭玄箋，〔唐〕孔穎達疏，〔清〕阮元審定：《十三經注疏》（臺北：新文豐，1977年），《禮記注疏》卷17，頁337。
〔註2〕參見〔明〕李時珍：《本草綱目》（臺北市：新文豐出版公司，1987年），卷15，頁421。

　　　　春蘭兮秋菊，長無絕兮終古。〔註3〕（〈九歌‧禮魂〉）

可見屈原已將「菊」與他所推崇的蘭並置讚美，若再進一步探索《補註》以古語所云「春蘭秋菊，各一時之秀」的說法〔註4〕，也讓我們更明白「言春祀以蘭，秋祀以菊，爲芬芳長相繼承，無絕於終古之道」〔註5〕的原因，或許是由於春蘭、秋菊的芳潔之性，所以成爲祭祀時使用的對象。又屈原在〈離騷〉中更提出了「餐菊」的驚人創舉：

　　　　朝飲木蘭之墜露兮，夕餐秋菊之落英。〔註6〕（〈離騷〉）

按《五臣注》云：「取其香潔以合己之德。〔註7〕」說明了屈原飲食木蘭、菊的內在涵義在於能以其香潔來比德自身。在此可以說屈原已爲「菊」開啓了兩種重要的文學意涵：一是在蘭、菊並列等同中賦予君子高潔的人格象徵，一是傳達服食菊花的意義。《楚辭》中的「香草意象群」數量豐富，雖然提到「菊」的次數只有三處〔註8〕，但從「菊」受屈原垂青的描述，其重要性已不容小覷。又「香草意象群」在藝術技巧的使用上已成爲歷來學者重視的課題〔註9〕，那麼屈原在文學創作中的「菊」與「香草意象群」之間有何內在的聯

〔註3〕　參見〔宋〕洪興祖：《楚辭補注》（臺北：大安出版社，1995年），頁121。

〔註4〕　參見〔宋〕洪興祖：《楚辭補注》（臺北：大安出版社，1995年），頁121。

〔註5〕　關於「春蘭兮秋菊，長無絕兮終古。」一語的註解，參見〔宋〕洪興祖：《楚辭補注》（臺北：大安出版社，1995年），頁121。

〔註6〕　參見〔宋〕洪興祖：《楚辭補注》（臺北：大安出版社，1995年），頁17。

〔註7〕　參見〔梁〕蕭統選編，〔唐〕呂延濟、劉良、張銑、呂向、李周翰、李善注：《日本足利學校藏宋刊明州本六臣注文選》（北京：人民文學，2008年），卷32，頁500。

〔註8〕　第三處見〈九章‧惜誦〉：「播江離與滋菊兮，原春日以爲糗芳。」也說到把菊製成乾糧而食的紀錄。

〔註9〕　參見蕭兵：《楚辭與美學》（臺北：文津出版社，2002年）。游國恩：〈論屈原文學的比興作風〉，《楚辭論文集》（臺北：九思出版社，1977年）。陳怡良：〈《離騷》的諷刺手法與意涵〉，《中國古典文學研究》第4期（2002年）。

繫？以及爲何屈原要在眾芳爭艷的情況下特別標榜「菊」這種植物？許又方先生曾以時間焦慮的論點探析屈原「食菊」與「輔體延年」養生觀間的關係〔註10〕，這也提供本文一個思考的方向：屈原的「餐菊」之舉除了可以是文學象徵性的描述外，是否有其他解釋的可能？即使《楚辭》中書寫的「菊」爲數不多，但卻已開啓本文對「菊」意象的想像視野。

　　試觀「菊」意象在文學中的發展，除了在屈原「香草美人」的傳統下，展現「士不遇」的比德內涵外，也可以發現屈原的「餐菊」到了漢魏晉時期已和服食求仙的風氣結合，故詩賦中出現了具有神奇效果的「菊」意象，像是魏文帝〈九日與鍾繇書〉：

> 歲往月來，忽復九月九日。九爲陽數，而日月竝應，俗嘉其名，以爲宜於長久，故以享宴高會。是月律中無射，言群木庶草，無有射地而生。至於芳菊，紛然獨榮，非夫含乾坤之純和、體芬芳之淑氣，孰能如此。故屈平悲冉冉之將老，思飱秋菊之落英。輔體延年，莫斯之貴。謹奉一束，以助彭祖之術。〔註11〕（〈九日與鍾繇書〉）

由「輔體延年」與「助彭祖之術」的說法來看，可以說屈原的「餐菊」之舉已與延年益壽之說合流，同時加入了重九與「菊」之間的民俗意義。而「菊」意象的發展到了東晉陶淵明之時，也在屈原所賦予君子比德的文學傳統下有所開展：

> 芳菊開林耀，青松冠巖列。懷此貞秀姿，卓爲霜下傑。
>
> 〔註12〕（〈和郭主簿〉二首之二）

〔註10〕許又方先生指出：「植物的敘述每與『時』有極密切的關係，而所謂『時』，一指『時間』，一指『時局』，卻都聯繫著過去、現在與未來，形成一個連貫的焦慮體。」參見許又方：《時間的影跡——〈離騷〉晬論》（臺北市：秀威資訊科技，2003 年），頁 124～126。

〔註11〕參見〔清〕嚴可均輯校：《全三國文》卷 7，《全上古三代秦漢三國六朝文》（北京：中華書局，1958 年），頁 1088。

〔註12〕參見逯欽立輯校：《晉詩》卷 16，《先秦漢魏晉南北朝詩》（北京：中華書局，1998 年），頁 978。

三徑就荒，松菊猶存。〔註13〕（〈歸去來辭〉）

陶淵明在「松」、「菊」並列之下，抒出其高潔君子之德的深意，使得「菊」的象徵意涵有承繼屈原「士不遇」傳統中高潔人格的延續，同時陶淵明也在屈原「餐菊」的脈絡下表達對「菊」的喜愛之情，其在〈九日閒居〉的詩序中提到「秋菊盈園」正可以為例：

酒能祛百慮，菊解制頹齡。〔註14〕（〈九日閒居〉）

關於陶淵明九日坐菊的典故，沈約對此亦有記載：「嘗九月九日無酒，出宅邊菊叢中坐久，值弘送酒至，即便就酌，醉而後歸。〔註15〕」不只重陽飲菊酒的民俗內涵〔註16〕與陶淵明產生連繫，「菊」與酒的關係也由陶淵明賦予隱逸的情調意涵，其〈飲酒詩〉有兩處可見陶淵明藉由「菊」所欲表達的人生情懷：

採菊東籬下，悠然見南山。山氣日夕佳，飛鳥相與還。
此中有真意，欲辯以忘言。〔註17〕（〈飲酒詩〉之五）

秋菊有佳色，裛露掇其英。汎此忘憂物，遠我遺世情。

〔註18〕（〈飲酒詩〉之七）

可以見得「菊」對陶淵明來說，已在詩人「採菊東籬」的活動過程中注入了其生命力量的展現，於是，「菊」自然就成為詩人「遺世情」的忘憂之物了。雖然陶詩詠菊不過以上五則，但在陶淵明與「菊」

〔註13〕參見〔清〕嚴可均輯校：《全晉文》卷111，《全上古三代秦漢三國六朝文》（北京：中華書局，1958年），頁2097。

〔註14〕參見逯欽立輯校：《晉詩》卷17，《先秦漢魏晉南北朝詩》（北京：中華書局，1998年），頁990～991。

〔註15〕參見〔梁〕沈約：〈隱逸·陶潛傳〉，《宋書》（北京：中華書局，1974年），卷93，頁2288。

〔註16〕關於重陽節飲菊酒的民俗記載，見《西京雜記》載：「戚夫人侍兒賈佩蘭，後出為扶風人段儒妻。說在宮內時見……九月九日，佩茱萸、食蓬餌、飲菊蕚酒，令人長壽。菊蕚舒時，並採莖葉雜秫米釀之，至來年九月九日始熟就飲焉，故謂之菊蕚酒。」

〔註17〕參見逯欽立輯校：《晉詩》卷17，《先秦漢魏晉南北朝詩》（北京：中華書局，1998年），頁998。

〔註18〕參見逯欽立輯校：《晉詩》卷17，《先秦漢魏晉南北朝詩》（北京：中華書局，1998年），頁998。

交相輝映的情感交織下，視陶淵明的「采菊」為詩人生命實踐的文學書寫，應可以是合理的說法。加以前文所談由屈原「餐菊」到陶淵明「采菊」中「菊」意象的文學流變，則可以發現其文學象徵的表現手法不論是受「服菊」養生的風氣影響，或是為重陽民俗「飲菊」的習慣所成，皆與詩人欲藉由「菊」書寫來表達自身的生命體驗有關，故本文要探析的是「采菊」的意義除了可以是文學抒情的表現手法，是否也隱含其他深層意涵的闡釋呢？對於至陶淵明才明顯確立的「采菊」書寫，以及在「菊」與詩人相互關係下所產生的「菊──身體──儀式」的討論面向，其背後原始意義的探索與文學象徵下多重面貌的展演，應有進一步探究的可能。

貳、「采菊」的巫俗意義與「原始意象」的探究

　　由陶淵明最富代表性的「採菊東籬」一語來看，「菊」與陶淵明的生命情境似乎劃上了等號，同時也成為後世約定俗成的一組象徵性符號關係，可以說陶淵明的「采菊」書寫的確建立了「菊」的典範意義，為了探討「菊」書寫與詩人生命的內在依據，回溯「菊」文學的發展狀況，始能深入「菊」意象內緣與外延因素的討論。而從「菊」意象書寫的起源──屈原「夕餐秋菊」的主張談起時，同時可發現歷來學者對楚地巫風巫俗與宗教性質的看法不可忽視，又魯瑞菁先生以巫術儀式的視角考察《楚辭》中的香草巫俗，其香草愛情巫術的儀式與楚國神巫以色媚神來祈求消災增殖相關，故反映在《楚辭》上即顯出一種由巫俗香草（巫祭儀式）向文藝香草（文學比興）過渡與轉換的歷程〔註19〕，由此可進一步推知，屈原書寫的「菊」意象除了是文學的象徵手法，應該與巫術祭儀有密切關係，於是屈原藉由「菊」意象所表達的抒情方式就有更深一層可以探討的空間。這也引發本文思索「菊」的研究角度，陶淵明所奠定的「采

─────────

〔註19〕參見魯瑞菁：《諷諫抒情與神話儀式：楚辭文心論》（臺北市：里仁書局，2002 年），頁 295。

菊」典型其所承繼的巫俗性意涵為何？歷代文人在書寫「菊」意象時是否也逃離不了此原始意義的內在驅力而進行文學創作？這些都是本文所要深究的問題。

　　而以巫俗的方式重新檢視陶淵明「采菊」的內在意義時，可以發現到「植物意象」與人的行為活動類似一種出現在《詩經》中「採物摘植」的起興套語〔註20〕，其「植物意象」並非只是文學藝術中審美的認知對象而已，而是具有與人們現實生活密切相關的儀式性意義，這種「採物摘植」母題的巫俗性痕跡，就像弗雷澤（Frazer,J. G,1854-1941）在《金枝：巫術與宗教之研究》（*The Golden Bough：A Study in Magic and Religion*）中所提到的「交感巫術」的作用，其賴以建立的思想原則，又可分為基於「相似律」的法術（順勢巫術），與基於「接觸律」的法術（接觸巫術）：

> 第一是「同類相生」或果必同因；第二是「物體一經互相接觸，在中斷實體接觸後還會繼續遠距離的互相作用」。前者可稱之為「相似律」，後者可稱作「接觸律」或「觸染律」。巫術根據第一個原則即「相似律」引申出，他能夠僅僅通過模仿就實現任何他想做的事；從第二個原則出發，他斷定，他能通過一個物體來對一個人施加影響，只要該物體曾被那個人接觸過，不論該物體是否為該人身體之一部分。〔註21〕

〔註20〕關於《詩經》中「採物摘植」的套語形式，列舉以下數則做為參考，如〈周南‧關雎〉：「參差荇菜，左右采之，窈窕淑女，琴瑟友之。」〈周南‧茉苢〉：「采采茉苢，薄言采之。采采茉苢，薄言有之。」〈召南‧草蟲〉：「陟彼南山，言采其蕨，未見君子，憂心惙惙。」〈鄘風‧桑中〉：「爰采唐矣，沬之鄉矣，云誰之思？美孟姜矣。」而高師莉芬在〈原型與象徵：漢魏六朝詩歌中的採桑女及其多重文化意涵〉一文中，討論「採物摘植」的母題，認為「詩經中之『採桑』又同樣與其他採物相應，所採之草或用於祭祖，或用於藥物，或用以祈願思人，具有春會儀式中，祈子祝願的原始巫術儀式意義。」參見高師莉芬：《漢代歌詩人類學》（臺北市：里仁書局，2007 年），頁 205～249。

〔註21〕參見〔英〕弗雷澤著，汪培基譯：《金枝：巫術與宗教之研究》（臺北市：桂冠圖書，1991 年），頁 21。

可以說「探物摘植」的儀式意涵正是由「交感律」中接觸、轉移、感應、遠距離等神秘作用的思維結果〔註22〕，並以此來聯繫人的咒願與植物之間的關係。而陶淵明與「采菊」間的關係，就在文學抒情的意義下有了與現實生活的實際意涵，「采菊」不只是詩人對生命終極關懷的表現，同時可以說是繼承「探物摘植」母題的深層心理追索，詩人祝願的達成在「探物摘植」的模仿動作底下，以文學書寫完成身體與儀式的生命真意。

　　所以假如能夠貼近陶淵明「采菊」的內在脈絡，瞭解其與「探物摘植」巫俗性意涵的聯繫，那麼對於進入文本情境，理解詩人生命，進一步揭示表層的文學抒情手法與深層的文學象徵意義的關係，應可以有不同的詮釋角度。歷代學者在「探物摘植」的巫俗研究上已有相當成果，如日本漢學家白川靜先生對《詩經》的民俗研究，則認為「探物摘植」的母題與原始信仰中的預祝、咒歌性質相關，是人們欲表達咒祝願望的方式〔註23〕，葉舒憲先生則以為原始民族巫術性「采摘植物」的愛情咒語是《詩經》中「探物摘植」的民俗深層心理反應〔註24〕，兩者雖論及巫俗對文學創作的影響，但《詩經》源流與信仰習俗的關係，也成為其只以《詩經》文本做為探析的對象，不過對於采摘行為與神秘祝願的巫俗問題，卻有清楚的論證與文化意涵闡釋。因此，本文擬以采摘動作本身所引發的「身體」與「儀式」間的關係，試圖探討在文學作創中陶淵明「采菊」所開展出的「菊──身體──儀式」的研究角度，以對「菊」的原

〔註22〕「交感律」的觀念類同於路先・列維─布留爾「互滲律」的說法，即「原始人以最多樣的形式來想像的『互滲』：如接觸、轉移、感應、遠距離作用等等。」參見〔法〕路先・列維─布留爾著，丁由譯：《原始思維》（臺北市：臺灣商務，2001 年），頁 76～77。

〔註23〕參見〔日〕白川靜著，王巍譯：《中國古代民俗》（瀋陽：春風文藝出版社，1991 年），頁 81～92。〔日〕白川靜著，杜正勝譯：《詩經研究》（臺北：幼獅文化公司，1982 年）。

〔註24〕參見葉舒憲：《詩經的文化闡釋》（西安：陝西人民出版社，2004 年），頁 73～86。

始意義與文學象徵進行重新挖掘的可能。

因此,「菊」的「原始意象」〔註25〕與文學象徵遂成爲本文在探析「采菊」巫俗意義時的另一研究面向。試觀「菊」意象的發展,始自屈原提出,並在陶淵明著名的「采菊」之後,其符號象徵方爲歷代文人自我認同的符碼,於是在文學中逐漸形成了「東籬菊」(包括「陶菊」、「陶酒」)的典型,如宋代蘇軾即有〈和陶詩〉除了表現對陶淵明的推崇外,對於詠菊更是追隨屈、陶亦步亦趨,到了清代曹雪芹的《紅樓夢》中更出現了憶菊、訪菊、種菊、對菊、供菊、詠菊、畫菊、問菊、簪菊、菊影、菊夢、殘菊的歌詠菊花詩,林黛玉在詠菊中的一句:「一從陶令評章後,千古高風說到今。」也具體的表現出中國文學中「菊」意象的象徵與傳承典範。另外,在菊文學自成格局的同時也促進了菊文化的傳播與發展,對於「菊」的認識與應用,更在通俗化的宋代出現了大量的《菊譜》書籍〔註26〕,因此,可以說「菊」意象在屈、陶開展以來,已成爲中國文學發展中頗具象徵意義的典型。

又葉嘉瑩先生對於文學中的「花意象」之所以能成爲最重要的感人之物,亦說道:

> 當然是因爲花的顏色、香氣、姿態,都最具有引人之力,
> 人自花所得的意象既最鮮明,所以由花所觸發的聯想也最
> 豐富,此外還有一個重要的原因,我以爲是因爲花所予人
> 的生命感最深切也最完整的緣故。〔註27〕

〔註25〕瑞士心理學家榮格提出「原始意象」即所謂的「原型」,此種在文藝作品中反覆出現的意象是「集體無意識」的顯現方式,其結構形式是先天集體的「種族記憶」,它作爲一種深層的心理動力,並映照出其深刻的內在文化意涵。關於本文對「原始意象」的說明詳見研究方法的部份。

〔註26〕參見〔宋〕劉蒙撰:《菊譜》(臺北:藝文印書館,1966 年)。〔宋〕范成大撰:《石湖菊譜》(臺北:藝文印書館,1966 年)。〔宋〕史正志撰:《史老圃菊譜》(臺北:藝文印書館,1966 年)。〔明〕周履靖撰:《菊譜》(臺北:藝文印書館,1966 年)。

〔註27〕參見葉嘉瑩著:〈幾首詠花的詩和一些有關詩歌的話〉,《中國文學批評》第 1 冊(臺北:聯經出版事業,1977 年),頁 28。

自古以來花的生命力和人之間有著交相容攝的相互關係，因此往往成為文人筆中所傳詠的對象，而不與春花爭艷，反在秋霜綻放的「菊」意象，在屈原與陶淵明筆下究竟各自呈現著何種文學與文化象徵意涵呢？這種造成歷代文人反覆書寫的「菊」意象其深層動力為何？是否可以說這是受到原始巫儀遺痕的影響所致？其「菊」意象對於文學書寫又呈現出何種神奇的效力以至於成為文人著迷的對象？這些都是本文所要討論的問題。

第二節　研究對象與範圍之界定

壹、巫系文學與研究對象

前文提及「菊」意象的發展始於屈原的「餐菊」，直到陶淵明的「采菊」才正式奠定了「菊」的典型，成為歷代仿效的文學象徵，究竟是何因素使得屈、陶成為「菊」意象的傳承代言人？又兩者所開展的文學象徵承載了「菊」在「原始意象」中的何種神奇魔力致使歷代書寫不脫其藩籬？這些都牽涉到本文以屈、陶為主要探討對象的原因。

所謂「文學即是人學」一語道出了文學藝術與人類文化間的相互作用問題，而其中聯繫兩者的交集點則是——語言與藝術等符號的功能形態問題，而由發生學的立場來說，符號實際上是一種古老的象徵性交際行為，其思維特徵的發展從身體動作的儀式展演到語言構成的文學表現，其符號的象徵性意義成為人類文化的載體，於是對於文學背後精神信仰的再挖掘，也許能夠在文化的層面上重探文學功能在人類精神家園上的作用，葉舒憲先生亦認為解決危機的儀式活動與文學的語言藝術間有著密不可分的關係：

> 儀式行為也好，文學創作也好，作為人類符號活動的兩大領域，在製造虛擬情境宣洩釋放內在心理能量，以便保持精神健康方面，確實具有類似的功效。……從歷時關係著

眼，史前社會中儀式表演（薩滿、巫醫等法術）乃是文學滋生的溫床和土壤。到了文明社會之中，儀式表演轉化爲戲劇藝術，儀式的敘述模擬轉化爲神話程式，儀式歌辭轉化爲詩賦，巫者特有的治療功能也自然遺傳給了後世的文學藝術家。在枚乘作《七發》爲楚太子治好病的著名情節中，可以清楚的看到這種歷史轉換完成之際，文學家得自巫醫的虛構致幻技術如何發揮著強有力的精神醫學作用。〔註28〕

可以說巫術性的儀式在原始社會中表現爲實際性治療作用，發展到後世文學時則置換爲歷久不衰而不同形式的文學主題，這種帶動精神生存的本體動力跨時代的殘存在人類的心理之中，並成爲「原始意象」存在的形式媒介與歷代文人在文學象徵中建構的編碼系統，而在屈賦開展下順著楚騷系統脈絡發展而來的「菊」意象是否也繼承其濃厚的巫風色彩呢？於是在追溯「菊」的「原始意象」與文學象徵時，也必須注意到《楚辭》文化的知識背景因素，宋人黃伯思曾在〈翼騷序〉強調《楚辭》之所以得名的原由在於「書楚語、作楚聲、紀楚地、名楚物」，但楚地特殊的風俗民情一直以來是造成《楚辭》浪漫色彩的原因，因此「用楚俗」卻爲現今《楚辭》研究的另一重要課題〔註29〕，但本文在上溯楚地流行巫風巫俗原因的同時，日本藤野岩友先生的《巫系文學論》以民俗學的角度，建構了上古時代巫系文學的說法值得注意，他論證了先秦巫祝文化與楚辭之間的關係，認爲「《楚辭》起源於古代祭祀及咒術等儀禮所用的文辭。這種文辭是由巫覡或工祝

〔註28〕參見葉舒憲主編：〈文學與治療關於文學功能的人類學研究〉，《文學與治療》（北京：社會科學文獻出版社，1999 年），頁 275～276。

〔註29〕20 世紀 20 年代以來，出土大批地下考古材料，對於楚文化的民俗研究提供了具體的資料。關於《楚辭》民俗文化的研究著作豐富，以下擇要列舉。參見文崇一：《楚文化研究》（臺北：中央研究院民族學研究所，1967 年）。蕭兵：《楚辭文化的破譯》（武漢：湖北人民出版社，1991 年）。宋公文、張君：《楚國風俗志》（武漢：湖北人民出版社，1995 年）。趙輝：《楚辭文化背景研究》（武漢：湖北人民出版社，1995 年）。

參與的宗教性文學——文學以前的文學。在使這種文辭向具有明確的文學意識的作品昇華的過程中，屈原所起的作用必須給予高度的評價。〔註30〕」因此，《楚辭》是在屈原的手中賦予個人自覺的文學作品，雖具有與巫有關的宗教性意義，可是並非是「巫的文學」，而是與作者及其時代文化相關的「巫系文學」。同時藤野氏歸納了一「巫系文學系統表」，討論《楚辭》在此背景下所承繼宗教儀式的「宗教的原型」：卜問、祝辭、鯀辭、神歌神舞神劇、招魂歌，以及分別由屈原轉化為文學藝術的「文學的成型」以下依次為：「設問文學——〈天問〉」、「自序文學——〈離騷〉、〈九章〉、〈遠遊〉」、「問答文學——〈卜居〉、〈漁父〉」、「神舞劇文學——〈九歌〉」、「招魂文學——〈招魂〉、〈大招〉」〔註31〕，系統性地說明了《楚辭》的原始形態是在人對神的宗教情感上發展而來，而巫術的宗教儀式則進一步在文學中成為屈原的神秘體驗，另外，藤野氏又在「巫系文學」的基礎上追溯《楚辭》對後代文學的影響，其中依據朱熹的《楚辭後語》並把東晉陶淵明的〈歸去來辭〉銜接到「招魂文學」的系譜中：

> 「歸去來辭」一語的再度重複是相應於《招魂》之「魂兮歸來」，《招隱士》之「王孫（屈平——隱士）兮歸來」的呼喚語調。當然未用「魂」字表達，但是有「既自以心為形役」、「已矣乎，寓形於宇內，能復幾時！曷不委心任去留。」等句，其中「心」與「形」，換言之則是「魂」與「魄」。「胡為遑遑欲何之？」是詰問魂魄動搖，「富貴非吾願」是說使魂魄混亂之富貴等本非所望，「帝鄉不可期」是魂可遠遊之「不老之鄉」，為今世所無法期望之意。總之是說陶淵明的態度是鎮魂，既不為富貴所動搖，也不為仙道所打動，而是要在其田園中保全自然之生。〔註32〕

〔註30〕參見〔日〕藤野岩友著，韓基國譯：〈《楚辭》解說〉，《巫系文學論》（重慶：重慶出版社，2005年），頁496。

〔註31〕「巫系文學系統表」參見〔日〕藤野岩友著，韓基國譯：《巫系文學論》（重慶：重慶出版社，2005年），頁203。

〔註32〕參見〔日〕藤野岩友著，韓基國譯：《巫系文學論》（重慶：重慶出

此處的「魂」、「魄」與「心」、「形」之爭，實際上就是生死與仕隱間的掙扎和矛盾，這原本就是屈、陶文學的主要課題，而藤野氏則從文學模式的思考──巫系文學，並以具有宗教意義的招魂巫儀，跨時代地聯繫了屈原的〈招魂〉、〈大招〉與陶淵明的〈歸去來辭〉，其兩者所招之魂皆爲作者自身（生者之魂），在性質上以回歸鄉里爲目的，只是兩人心中的故鄉不同，一爲楚國宮廷，一爲自然田園，於是在宗教儀式的作用底下，反映出來的文學取徑就有差別，但依然可以從文體、結構上找出兩者間的承繼關係〔註33〕，至於「菊」意象與屈、陶間的關係可以說就在兩者共同的淵源基礎──「巫系文學」開展下，分別在文學創作中進行「餐菊」與「采菊」的儀式性意涵，這種傳承自遠古的宗教治療意義亦在屈、陶強烈的個人情感中轉化爲「菊」意象的文學創作治療，其「菊」意象的原始動力就隱含在屈、陶所建構的文學象徵當中，藉由儀式性的力量代代相傳並成爲歷代書寫與效仿的「菊」意象典型，正由於「巫系文學」與「菊」意象間的儀式性關係是在屈原與陶淵明的文筆中所建構出來，於是屈、陶兩者也就成爲本文所欲選擇的主要研究對象。

貳、研究範圍的界定

因爲屈賦與陶詩是本文論述的主體，爲了探求屈原、陶淵明與「菊」之間的關係網絡，以建立「菊」意象的歷時性與共時性意義，

版社，2005 年），頁 197。

〔註33〕關於《楚辭》是陶淵明詩賦的淵源問題，除了有古人將屈原與陶淵明之作品合編與合刻的紀錄外，歷代亦有學者論及，如清代劉熙載認爲「屈靈均、陶淵明皆狂狷之資。」，龔自珍〈雜詩〉云：「陶潛酷似臥龍豪，萬古潯陽松菊高。莫信詩人竟平澹，二分梁甫一分騷。」而陳怡良先生則進一步在字詞典故的引用上考查兩者關係，認爲陶詩淵源應是「上承《詩》、《騷》，多採諸子，酌法漢魏，兼取大家」，其辭賦淵源則是「本祖《風》、《騷》，上法漢賦，近取短賦，而後創新風格以成。」參見陳怡良：《陶淵明之人品與詩品》（臺北：文津出版社，1993 年），頁 272、319。陳怡良：〈陶淵明詩賦的《楚辭》淵源研究〉，《六朝學刊》第 1 期（2004 年 12 月），頁 1～29。

因此，本文在掌握「菊」意象在屈、陶影響下對文學的象徵演變時，也要對屈、陶文學背後的文化意義有所瞭解，這樣方才能歸納出屈、陶文本中與「菊」相應的文學主題與文化內涵，既然「巫系文學」系譜的建立來自於做為文學源頭的《楚辭》，當然其在巫俗信仰下所建立的文學傳統也在歷代傳承中影響後世的文學創作，而李豐楙先生曾將漢魏六朝遊仙文學之作的譜系源流納入《楚辭》所開啓的因「憂」而「遊」的永恆主題之下：

> 在中國傳統文學中言志詠懷一直是主要傳統，屈則是在借由遠遊以寫憂的心境下，「為情而造文」，選擇了香草美人及上征求女諸象徵物表達其鬱結的情緒，為何〈離騷〉的後半會轉入遠征情境？對照〈遠遊〉篇即可體會是具有同一遊的動機，將生存的困頓、生的困阨總結為空間的迫阨、時間的短促，在這兩股壓力下，他雖則一再堅持美與善的「不變」，但面對著「變」的時局卻也難免產生深沈的挫折感和無力感……前半篇中一再出現的字眼正是「及」和「恐」，希望「及」時把握時機、掌握生命，但又唯恐有所不「及」。因而就形成這種「士不遇」的憂鬱心境，才轉入神話象徵之「遊」，……〈離騷〉一篇即是遊仙之祖、也是「士不遇賦」之源，較諸〈遠遊〉的直截手法，反而較能深沈地敘寫由憂而遊的心路歷程。〔註34〕

《楚辭》中「憂」的情緒心理建立了後代憂世文學「士不遇」的詩人傳統，於是在屈原之後的士大夫也能在不同的生存際遇中，以文學創作雜糅個人的生命情意並共同展現集體的心理反應，但憂慮苦悶的情緒卻也衍生出文人的「解憂」之法，《楚辭》以「遊」的想像神遊儀式開啓了神秘的宗教體驗，逐揭開了漢魏六朝遊仙文學中對不死探求的內在渴望，所以可以說在「巫系文學」傳承系譜中的屈、陶兩者，其「菊」意象在文學創作中所扮演的文人生命歷程之演變，

〔註34〕參見李豐楙：《憂與遊：六朝隋唐遊仙詩論集》（臺北市：臺灣學生書局，1996年），頁9。

是跨時代的繼承了因「憂」而「遊」的文學傳統，於是屈原「餐菊」與陶淵明「采菊」就在此文學脈絡中，各自帶領了漢魏晉詩賦與南北朝詩賦不同的崇「菊」意涵，並奠定文學象徵中「菊」意象的典型意義，這也提供本文在界定研究範圍時的依據。

正因爲屈、陶建立了「菊」的文學傳統，所以屈、陶的「菊」意象書寫是本文探究的主軸，在屈賦方面，本文使用的底本以洪興祖《楚辭補注》〔註35〕爲依據，陶淵明的詩文則以龔斌《陶淵明集校箋》爲底本〔註36〕，但必須注意的是兩者開展下其他詩文中「菊」意象的書寫問題也是本文探討的範圍，那是研究「菊」內在脈絡的重要材料證明，於是本文在揀擇出適當的討論範圍時，就要以漢魏晉南北朝有出現「菊」意象的詩文做爲本文所界定的範圍依據，故在此以逯欽立輯校《先秦漢魏晉南北朝詩》與嚴可均《全上古三代秦漢三國六朝文》〔註37〕爲底本，做爲探討「菊」意象在文學脈絡下的補充，方能印證出「菊」的「原始意象」在屈賦、陶詩中文學流變的證明。而關於漢魏晉南北朝文本中的「菊」意象，本文以上述底本分爲詩題中有「菊」與詩文中有「菊」兩類列表如下：

表一　題名中出現菊的篇章

時 代	題 名	作 者	出 處
三國	菊花賦	鍾會	全三國文・魏・二十五
晉	菊花頌	左九嬪	全晉文・卷十三
晉	菊花賦	盧諶	全晉文・卷三十四
晉	菊賦	傅玄	全晉文・卷四十五
晉	菊頌	成公綏	全晉文・卷五十九

〔註35〕參見〔宋〕洪興祖：《楚辭補注》（臺北：大安出版社，1995年）。
〔註36〕參見龔斌：《陶淵明集校箋》（臺北：里仁書局，2007年）。
〔註37〕參見逯欽立輯校：《先秦漢魏晉南北朝詩》（北京：中華書局，1983年）。〔清〕嚴可均：《全上古三代秦漢三國六朝文》（北京：中華書局，1958年）

晉	菊銘	成公綏	全晉文·卷五十九
晉	菊花賦	孫楚	全晉文·卷六十
晉	菊花銘	嵇含	全晉文·卷六十五
晉	秋菊賦	潘岳	全晉文·卷九十一
晉	釋草——菊	郭璞	全晉文·卷一百二十一
晉	菊花頌	辛蕭	全晉文·卷一百四十四
宋	菊賦	卞伯玉	全宋文·卷四十
宋	蘭菊銘	王叔之	全宋文·卷五十七

資料來源：〔清〕嚴可均校輯：《全上古三代秦漢三國六朝文》（北京市：中
　　　　華書局，1958）

製表者：李珮慈

表二　內文出現菊的篇章

時 代	題 名	作 者	出 處
漢	秋風辭并序	武帝	全漢文·卷三
漢	反離騷	揚雄	全漢文·卷五十二
東漢	鬱金賦	朱穆	全後漢文·卷二十八
東漢	風俗通義	應劭	全後漢文·卷三十七
東漢	四民月令	崔寔	全後漢文·卷四十七
東漢	附錄唐孫思邈齊人月令四事免與崔寔書混	崔寔	全後漢文·卷四十七
東漢	上西門銘	李尤	全後漢文·卷五十
魏	九日與鍾繇書	文帝	全三國文·魏·卷七
魏	諸物相佀亂者	文帝	全三國文·魏·卷八
魏	洛神賦并序	陳思王植	全三國文·魏·卷十三
魏	荅向子期難養生論	嵇康	全三國文·魏·卷四十八
晉	孔雀賦	左九嬪	全晉文·卷十三
晉	目錄	左九嬪	全晉文·卷十三
晉	雜帖	王羲之	全晉文·卷二十六
晉	悲四時賦	李顒	全晉文·卷五十三

晉	三國名臣序贊	袁宏	全晉文·卷五十七
晉	敘管輅	管辰	全晉文·卷七十二
晉	齊都賦	左思	全晉文·卷七十四
晉	秋興賦并序	潘岳	全晉文·卷九十
晉	任子咸妻作孤女澤蘭哀辭	潘岳	全晉文·卷九十三
晉	扇賦	潘尼	全晉文·卷九十四
晉	九愍并序	陸雲	全晉文·卷一百一
晉	述歸賦	江逌	全晉文一百七
晉	歸去來兮辭并序	陶潛	全晉文·卷一百十一
晉	九日閒居詩序	陶潛	全晉文·卷一百十一
晉	秋夜長	蘇彥	全晉文·卷一百三十八
晉	文賓	郭元祖	全晉文·卷一百三十九
晉	靈秀山銘	湛方生	全晉文·卷一百四十
宋	九月九日登陵囂館賦	傅亮	全宋文·卷二十六
宋	山居賦有序并自注	謝靈運	全宋文·卷三十一
宋	連珠	謝惠連	全宋文·卷三十四
宋	月賦	謝莊	全宋文·卷三十四
宋	懷園引	謝莊	全宋文·卷三十四
宋	皇太子妃哀策文	謝莊	全宋文·卷三十五
宋	秋羇賦	沈勃	全宋文·卷四十一
齊	酬德賦并序	謝朓	全齊文·卷二十三
梁	丞相長沙宣武王碑	簡文帝	全梁文·卷十四
梁	玄覽賦	元帝	全梁文·卷十五
梁	採蓮賦	元帝	全梁文·卷十五
梁	陶淵明傳	昭明太子統	全梁文·卷二十
梁	傷往賦	蕭子範	全梁文·卷二十三
梁	郊居賦	沈約	全梁文·卷二十五
梁	愍衰草賦	沈約	全梁文·卷二十五
梁	齊故安陸昭王碑	沈約	全梁文·卷三十一
梁	授陸敬游十賚文	陶弘景	全梁文·卷四十六

梁	從子永寧令謙誄	王僧孺	全梁文‧卷五十二
梁	感知己賦贈任昉	陸倕	全梁文‧卷五十三
梁	追答劉秣陵沼書	劉峻	全梁文卷‧五十七
梁	與舉法師書	劉峻	全梁文‧卷五十七
梁	與顧章書	吳均	全梁文‧卷六十
梁	南征賦	張纘	全梁文‧卷六十四
梁	苔陶隱居賚術煎啓	庾肩吾	全梁文‧卷六十六
梁	謝賚橘啓	庾肩吾	全梁文‧卷六十六
梁	謝賚檳榔啓	庾肩吾	全梁文‧卷六十六
梁	遊七山寺賦	後梁宣帝	全梁文‧卷六十八
梁	齊竟陵王世子撫軍巴陵王雜集序	釋僧祐	全梁文‧卷七十二
陳	與齊尚書僕射楊遵彥書	徐陵	全陳文‧卷七
後魏	亭山賦	姜質	全後魏文‧卷五十四
北齊	朱岱林墓誌銘	朱敬修 朱敬範	全北齊文‧卷八
北齊	馮翊王修平等寺碑	闕名	全北齊文‧卷十
後周	小園賦	庾信	全後周文‧卷八
後周	謝滕王集序啓	庾信	全後周文‧卷十
後周	至仁山銘	庾信	全後周文‧卷十二
後周	周柱國大將軍紇干弘神道碑	庾信	全後周文‧卷十四
後周	周大將軍上開府廣饒公鄭常墓誌銘	庾信	全後周文‧卷十七
後周	周大將軍聞嘉公柳遐墓誌銘	庾信	全後周文‧卷十七
後周	周譙國公夫人步陸孤氏墓誌銘	庾信	全後周文‧卷十八
後周	周趙國公夫人紇豆陵氏墓誌銘	庾信	全後周文‧卷十八
後周	後魏驃騎將軍荊州刺史賀拔夫人元氏墓誌銘	庾信	全後周文‧卷十八

隋	山水納袍賦并序	江總	全隋文‧卷十
隋	盧紀室誄	盧思道	全隋文‧卷十六
隋	玉泉寺碑	皇甫毘	全隋文‧卷二十八
隋	釋吉藏	與智顗疏請講法華經	全隋文‧卷三十五

資料來源：〔清〕嚴可均校輯：《全上古三代秦漢三國六朝文》（北京市：中華書局，1958）

製表者：李珮慈

表三　題名中出現菊的篇章

時　代	題　　名	作　者	出　　處
晉	採菊詩	袁宏	晉詩‧卷十四
晉	菊詩	袁山松	晉詩‧卷十四
宋	答休上人菊詩	鮑照	宋詩‧卷八
梁	九日酌菊酒詩	劉孝威	梁詩‧卷十八
梁	採菊篇	梁簡文帝蕭綱	梁詩‧卷二十
梁	摘園菊贈謝僕射舉詩	王筠	梁詩‧卷二十四

資料來源：逯欽立：《先秦漢魏晉南北朝詩》（北京：中華書局，1983 年）

製表者：李珮慈

表四　內文出現菊的篇章

時　代	題　　名	作　者	出　　處
漢	秋風辭	漢武帝劉徹	漢詩‧卷一
漢	黃鵠歌	漢昭帝劉弗陵	漢詩‧卷二
晉	河陽縣作詩二首	潘岳	晉詩‧卷四
晉	失題	陸雲	晉詩‧卷六
晉	招隱詩二首	左思	晉詩‧卷七
晉	雜詩十首	張協	晉詩‧卷七
晉	遊仙詩十首	庾闡	晉詩‧卷十二

晉	詩	許詢	晉詩・卷十二
晉	秋夜長	蘇彥	晉詩・卷十四
晉	和郭主簿詩	陶淵明	晉詩・卷十六
晉	歸去來兮辭	陶淵明	晉詩・卷十六
晉	九日閑居	陶淵明	晉詩・卷十七
晉	飲酒詩二十首	陶淵明	晉詩・卷十七
晉	月節折楊柳歌十三首／九月歌	清商曲辭／西曲歌	晉詩・卷十九
宋	九月九日詩	范泰	宋詩・卷一
宋	擣衣詩	謝惠連	宋詩・卷四
宋	懷園引	謝莊	宋詩・卷六
宋	夢歸鄉詩	鮑照	宋詩・卷九
宋	讀曲歌八十九首	清商曲辭古辭／吳聲歌曲	宋詩・卷十一
齊	塞客吟	齊高帝蕭道成	齊詩・卷一
齊	暫使下都夜發新林至京邑贈西府同僚詩	謝朓	齊詩・卷三
齊	冬日晚郡事隙詩	謝朓	齊詩・卷三
齊	落日悵望詩	謝朓	齊詩・卷三
梁	寄丘三公詩	江淹	梁詩・卷三
梁	謝僕射混遊覽	江淹	梁詩・卷四
梁	歲暮愍衰草	沈約	梁詩・卷七
梁	講席將畢賦三十韻詩依次用	梁昭明太子蕭統	梁詩・卷十四
梁	奉和簡文帝太子應令詩	劉孝威	梁詩・卷十八
梁	侍宣猷堂宴湘東王應令詩	庾肩吾	梁詩・卷二十三
梁	九日侍宴樂遊苑應令詩	庾肩吾	梁詩・卷二十三
梁	贈周處士詩	庾肩吾	梁詩・卷二十三
梁	劉生	梁元帝蕭繹	梁詩・卷二十五
梁	賦得蘭澤多芳草詩	梁元帝蕭繹	梁詩・卷二十五

梁	泛燕湖詩	梁元帝蕭繹	梁詩・卷二十五
梁	賦得蝶依草應令詩	徐防	梁詩・卷二十六
梁	詠百合詩	梁宣帝蕭詧	梁詩・卷二十七
梁	賦得露詩	顧煊	梁詩・卷二十八
梁	歌白帝辭	郊廟歌辭／梁明堂登歌五首	梁詩・卷三十
北齊	秋朝野望詩	劉逖	北齊詩・卷一
北周	過舊宮詩	周明帝宇文毓	北周詩・卷一
北周	九日從駕詩	王褒	北周詩・卷一
北周	從駕觀講武詩	庾信	北周詩・卷二
北周	同會河陽公新造山池聊得寓目詩	庾信	北周詩・卷三
北周	臥疾窮愁詩	庾信	北周詩・卷三
北周	山齋詩	庾信	北周詩・卷三
北周	蒙賜酒詩	庾信	北周詩・卷三
北周	西門豹廟詩	庾信	北周詩・卷三
北周	聘齊秋晚館中飲	庾信	北周詩・卷四
北周	和炅法師遊昆明池詩二首	庾信	北周詩・卷四
北周	衛王贈桑落酒奉答詩	庾信	北周詩・卷四
北周	就蒲州使君乞酒詩	庾信	北周詩・卷四
北周	贈周處士詩	庾信	北周詩・卷四
北周	暮秋野興賦得傾壺酒詩	庾信	北周詩・卷四
北周	秋日詩	庾信	北周詩・卷四
北周	和廻文詩	庾信	北周詩・卷四
周	示封中錄詩二首	庾信	周詩・卷四
陳	同庾中庶肩吾周處士弘讓遊明慶寺詩	沈烱	陳詩・卷一
陳	賦詠得神仙詩	陰鏗	陳詩・卷一
陳	和庾肩吾入道館詩	周弘正	陳詩・卷二
陳	御幸樂遊苑侍宴詩	張正見	陳詩・卷三

陳	與錢玄智汎舟詩	張正見	陳詩・卷三
陳	賦得白雲臨酒詩	張正見	陳詩・卷三
陳	賦得岸花臨水發詩	張正見	陳詩・卷三
陳	秋晚還彭澤詩	張正見	陳詩・卷三
陳	衡州九日詩	江總	陳詩・卷八
陳	於長安歸還揚州九月九日行薇山亭賦韻詩	江總	陳詩・卷八
隋	聽鳴蟬篇	盧思道	隋詩・卷一
隋	秋遊昆明池詩	元行恭	隋詩・卷二
隋	秋日遊昆明池詩	薛道衡	隋詩・卷四
隋	過故鄴詩	段君彥	隋詩・卷七

資料來源：逯欽立：《先秦漢魏晉南北朝詩》（北京：中華書局，1983 年）

製表者：李珮慈

第三節　前人研究成果

　　關於「菊」的討論除了《荊楚歲時記》〔註38〕有記載外，現今研究大多僅只於相關專書中的某部份，如何小顏先生的《花與中國文化》〔註39〕、王孝廉先生的《花與花神》〔註40〕以及殷登國先生的《中國的花神與節氣》〔註41〕等，並未有專書專門論及，至於期刊則大多以重九登高飲菊的主題與醫療保健藥用的論述爲主，大多零散未成專論，而許又方先生在「時間」的議題上與屈原「食菊」的不死慾念做探究〔註42〕，可做爲本文重要參考材料之一。不過，本文對「菊」意

〔註38〕本文使用《荊楚歲時記》的校著參考如下，參見〔梁〕宗懍著，〔日〕守屋美都雄譯注，布目潮渢他補訂：《荊楚歲時記》，（東京：平凡社，1988 年）。王毓榮：《荊楚歲時記校注》（臺北市：文津出版社，1988 年）。

〔註39〕參見何小顏：《花與中國文化》（北京：人民出版新華經銷，1999 年）。

〔註40〕參見王孝廉：《花與花神》（臺北市：洪範書局，1981 年）。

〔註41〕參見殷登國：《中國的花神與節氣》（臺北市：民生報出版，1983 年）。

〔註42〕參見許又方：《時間的影跡——〈離騷〉晬論》（臺北市：秀威資訊科技，2003 年），頁 124～126。

象的論述是採巫俗意義的切入角度，以開展「身體」與「儀式」的討論面向，並嘗試在此對「菊」的「原始意象」做出溯源的努力，探析其在文學傳統下流變的象徵意涵，因此，以下對「菊」相關研究的整理是以「采摘」巫俗、「身體」與「儀式」爲主，本文整理前人對此三類的貢獻成果，在這些學者的豐富研究之下，應可以幫助本文進一步以「菊——身體——儀式」做爲研究的路徑。

壹、巫俗爲主的相關研究

目前學界以巫術民俗的考察來研究文學蔚爲一股風氣。弗雷澤《金枝：巫術與宗教之研究》〔註43〕以巫術爲中心的考察方式，爲文學研究提供民俗文化資料的土壤，文中「交感巫術」原理的建立爲本文主要的參考資料。路先・列維——布留爾《原始思維》〔註44〕從集體表象下手，談原始思維中的「互滲律」概念，可爲本文對弗雷澤的進一步補充。伊利亞德《神聖的存在》〔註45〕談及植物的象徵與再生儀式與宗教功能的關係，接觸到植物在原始時的範型，提供本文溯源對植物「原始意象」的思考。另外，桀溺〈牧女與蠶娘——論一個中國文學的題材〉〔註46〕所提出的植物與田園、性別的關係，並說明了春日節慶下所舉行的高禖祭祀之儀，開啓了本文結合上古植物與高禖求子間的關係，而在高禖儀式的研究中，國內外學者已有相當豐富的研究，像是而蕭兵先生、丁山先生、王孝廉先生、高本漢先生、御手洗勝先生等，本文則參考聞一多先生《神話與詩》〔註47〕、孫作雲先

〔註43〕參見弗雷澤著，汪培基譯：《金枝：巫術與宗教之研究》（臺北市：桂冠圖書，1991年）。

〔註44〕參見路先・列維－布留爾著，丁由譯：《原始思維》（臺北市：臺灣商務，2001年）。

〔註45〕參見〔美〕米爾恰・伊利亞德著，晏可佳、姚蓓琴譯：《神聖的存在》（桂林：廣西師範大學，2008年）。

〔註46〕參見桀溺：〈牧女與蠶娘——論一個中國文學的題材〉，《牧女與蠶娘：法國漢學家論中國古詩》（上海市：上海古籍，1990年）。

〔註47〕參見聞一多：《神話與詩》（北京市：古籍出版社，1956年）。

生《詩經與周代社會研究》〔註48〕、葉舒憲先生《高唐女神與維納斯》
〔註49〕、陳夢家先生〈高禖郊社祖廟通考〉〔註50〕的說法，這些著作
對高禖神女的考察皆對本論文有直接的啓發。

　　至於「采摘植物」的母題議題，正是本論文所要處理的重點。
高師莉芬《漢代歌詩人類學》〔註51〕、〈原型與象徵：漢魏六朝詩歌
中的採桑女及其多重文化意涵〉〔註52〕提出「採物興懷」重複套語
的深層心理與春會儀典中巫儀的關係。陳炳良先生《神話‧禮儀‧
文學》〔註53〕與楊樹帆先生〈采草習俗與獻身祭神儀式──詩經原
型研究之一〉〔註54〕皆對獻身儀式與采摘母題進行論證。葛蘭言先
生《古代中國的節慶與歌謠》〔註55〕考證了《詩經》中的情歌，說
明了在節慶儀式之下，植物的效用意義與男女互贈的內在涵義。白
川靜先生《中國古代民俗》〔註56〕承繼葛蘭言對「興」的聯想方式，
以民俗的考察，重探咒願與采草的聯繫。葉舒憲先生《詩經的文化
闡釋》〔註57〕則以愛情巫術的角度探究「采摘植物」母題。這些皆
與本文所要探討的「采摘」議題有相當密切的關係。

〔註48〕　參見孫作雲：《詩經與周代社會研究》（北京：中華出版，1966 年）。
〔註49〕　參見葉舒憲《高唐女神與維納斯》（北京市：中國社會科學，1997 年）。
〔註50〕　參見陳夢家：〈高禖郊社祖廟通考〉，《清華學報》第 12 卷第 3 期（1937
　　　　年）。
〔註51〕　參見高師莉芬：《漢代歌詩人類學》（臺北市：里仁書局，2007 年）。
〔註52〕　參見高師莉芬：《漢代歌詩人類學》（臺北市：里仁書局，2007 年）。，
　　　　頁 205～249。
〔註53〕　參見陳炳良：《神話‧禮儀‧文學》（臺北：聯經出版，1986 年）。
〔註54〕　參見楊樹帆：〈采草習俗與獻身祭神儀式──詩經原型研究之一〉，
　　　　《西南民族學院學報》第 3 期（1996 年），頁 116～121。
〔註55〕　參見〔法〕葛蘭言（Marcel Granet）著，趙丙祥、張宏明譯：《古代
　　　　中國的節慶與歌謠》（桂林：廣西師範大學出版社，2005 年）。
〔註56〕　參見〔日〕白川靜著，王巍譯：《中國古代民俗》（瀋陽：春風文藝
　　　　出版社，1991 年），頁 81～92。參見〔日〕白川靜著，杜正勝譯：《詩
　　　　經研究》（臺北：幼獅文化公司，1982 年）。
〔註57〕　參見葉舒憲：《詩經的文化闡釋》（西安：陝西人民出版社，2004 年），
　　　　頁 73～86。

貳、身體為主的相關研究

在「身體」議題的研究上,近年來有學者已累積出成果,楊儒賓先生《儒家身體觀》〔註58〕、《中國古代思想中的氣論及身體觀》〔註59〕對中國身心議題提出「氣——身體」系統的貢獻。賴錫三先生則將《莊子》精、氣、神的概念做一系統的詮釋,並在「存有的連續性」中建構出「精神化身體」的根源模式〔註60〕。黃俊傑先生《中國古代思維方式探索》〔註61〕、〈中國思想史中「身體觀」研究的新視野〉〔註62〕綜觀中國哲學方展的面向後,也提出「身體思維」方式的運用,以身體在情境中進行思考的方式開展出新的思考角度,鄭毓瑜先生《文本風景——自我與空間的相互定義》〔註63〕、〈身體時氣感與漢魏「抒情」詩——漢魏文學與楚辭、月令的關係〉〔註64〕以伯梅(Gernot Bohme)「氛圍美學」的觀點重新探討文本的「情景」問題,並在身體與環境相互定義下賦予文本新詮釋的可能,這些學者的成果也對本文有相當的啟發。

關於「身體」與植物結合的特性,則進一步反應在身心的交融與「服食」的意義上,而「菊」在「巫系文學」的脈絡下,在屈原以「餐

〔註58〕 參見楊儒賓:《儒家身體觀》(臺北:中央研究院中國文哲研究所籌備處,1998 年)。

〔註59〕 參見楊儒賓主編:《中國古代思想中的氣論及身體觀》(臺北市:巨流圖書,1993 年),頁 90～91。

〔註60〕 參見賴錫三:〈《莊子》精、氣、神的功夫和境界——身體的精神化與形上化之實現〉,《漢學研究》第 45 期(2004 年 12 月),頁 121～154。賴錫三:〈《莊子》「真人」的身體觀——身體的「社會性」與「宇宙性」之辯證〉,《臺大中文學報》14 期(2001 年 5 月),頁 1～34。

〔註61〕 參見楊儒賓、黃俊傑:《中國古代思維方式探索》(臺北市:正中,1996 年)。

〔註62〕 參見黃俊傑:〈中國思想史中「身體觀」研究的新視野〉,《中國文哲研究集刊》第 20 期(2002 年 3 月),頁 541～564。

〔註63〕 參見鄭毓瑜:《文本風景——自我與空間的相互定義》(臺北市:麥田出版,2005 年)。

〔註64〕 參見鄭毓瑜:〈身體時氣感與漢魏「抒情」詩——漢魏文學與楚辭、月令的關係〉,《漢學研究》第 45 期(2004 年 12 月),頁 1～34。

菊」的舉動出現時，「服菊」與「身體」已產生聯繫，於是君子比德的「士不遇」與服食求壽的「求長生」便由屈原的「餐菊」開啓。因此，吳旻旻先生《香草美人文學傳統》〔註65〕、鄭毓瑜先生《性別與家國：漢晉辭賦的楚騷論述》〔註66〕、廖棟樑先生〈古代〈離騷〉「求女」喻義詮釋多義現象的解讀──兼及反思古代《楚辭》研究方法〉〔註67〕皆在「士不遇」的脈絡上提供本文對「香草美人」傳統的瞭解，而許又方先生《時間的影跡：〈離騷〉晬論》〔註68〕、〈以「時間」做爲《九歌》詮釋的進路〉〔註69〕、〈路曼曼其脩遠兮──論〈離騷〉中的時空焦慮〉〔註70〕也提供本文可以在時間焦慮的議題下開展與身體相關的「服菊」意涵。

　　至於陶淵明與「身體」的相關研究，有蔡瑜先生引用梅洛龐蒂（Merleau-Ponyt）「身體圖示」的概念，開展對陶淵明論述觀點的新義──人境自然的建構與懷古意識典範形塑的觀點〔註71〕，另外，蔡瑜先生近年來也有一系列以「身體」方式論述的著作，如〈試從身體空間論陶詩的田園世界〉〔註72〕、〈從飲酒到自然──以陶詩爲核心

〔註65〕參見吳旻旻：《香草美人文學傳統》（臺北市：里仁書局，2006年）。

〔註66〕參見鄭毓瑜：《性別與家國：漢晉辭賦的楚騷論述》（臺北市：里仁書局，2000年）。

〔註67〕參見廖棟樑先生：〈古代〈離騷〉「求女」喻義詮釋多義現象的解讀──兼及反思古代《楚辭》研究方法〉，《輔仁學誌：人文藝術之部》第27期（2000年12月），頁1～26。

〔註68〕參見許又方：《時間的影跡──〈離騷〉晬論》（臺北市：秀威資訊科技，2003年）。

〔註69〕參見許又方：〈以「時間」做爲《九歌》詮釋的進路〉，《淡江中文學報》第14期（2006年6月），頁33～61。

〔註70〕參見許又方：〈路曼曼其脩遠兮──論〈離騷〉中的時空焦慮〉，《東華人文學報》第3期（2001年7月），頁381～416。

〔註71〕目前在文學研究的整合計畫中，蔡瑜先生以「身體」爲概念，發表有關陶淵明的一系列研究。參見氏著：〈人境的自然─陶淵明的自然新義〉宣讀於「重探自然─人文傳統與文人生活」國際學術研討會（2008年，6月26～27日）。

〔註72〕參見蔡瑜：〈試從身體空間論陶詩的田園世界〉，《清華學報》第34

的探討〉〔註73〕、〈陶淵明的生死世界〉〔註74〕等，這些皆提供本文對「身體觀」操作的參考。

參、儀式為主的相關研究

　　文學書寫與詩人生命的關係，就在「菊」與屈、陶的身心體驗中完成「儀式」的象徵意義，所以，對屈、陶進行文學研究的整理，應該可以對兩者與「菊」意象書寫間的聯繫有進一步的了解。

　　在《楚辭》文學的研究方面，可謂汗牛充棟，此處以高秋鳳先生〈臺灣楚辭研究六十年（1946～2005）〉為參考依據〔註75〕，本文則選擇與論題相關的神話研究與楚文化研究為主，但在取材上較偏重民俗儀式、原始信仰與《楚辭》間的關係，以開展出在「巫系文學」系譜中《楚辭》所具有「菊」意象的儀式內涵，故本文主要以魯瑞菁先生的《諷諫抒情與神話儀式：楚辭文心論》〔註76〕、《楚辭中的香草美人觀：一個結合文學神話與原始宗教信仰的研究》〔註77〕，與李豐楙先生的〈服飾、服食與巫俗傳說——從巫俗觀點對楚辭的考察之一〉〔註78〕、〈服飾與禮儀：〈離騷〉的服飾中

〔註73〕　期第1卷（2004年6月），頁151～180。
〔註73〕　參見蔡瑜：〈從飲酒到自然——以陶詩為核心的探討〉，《臺大中文學報》第22期（2005年6月），頁223～268。
〔註74〕　參見蔡瑜：〈陶淵明的生死世界〉，《清華學報》第38期第2卷（2008年6月），頁327～352。
〔註75〕　文中歸納臺灣學者的《楚辭》研究至少獲得13項成果，包括書目編纂、篇章辨偽、聲韻研究、語法研究、古史辨證、神話研究、源流研究、楚文化研究、分篇專門研究、文學的賞析、作者研究、專題研究、比較研究。詳細內容可參見氏著：〈臺灣楚辭學研究六十年（1946～2005）〉，《國文學報》第40期（臺北：國立臺灣師範大學國文學系，2006年，12月），頁257～272。
〔註76〕　參見魯瑞菁：《諷諫抒情與神話儀式：楚辭文心論》（臺北市：里仁書局，2002年）。
〔註77〕　參見魯瑞菁：《楚辭中的香草美人觀：一個結合文學神話與原始宗教信仰的研究》（臺北市：行政院國科會科資中心，1998年）。
〔註78〕　參見李豐楙：〈服飾、服食與巫俗傳說——從巫俗觀點對楚辭的考察之一〉，《古典文學》（臺北市：臺灣學生書局，1981年），頁71～99。

心說〉〔註79〕，以及楊儒賓先生的〈離體遠遊與永恆的回歸——屈原作品反應出的思考型態〉〔註80〕可做爲探討楚地巫風與儀式間關係的參考，而蕭兵先生的《楚辭文化》〔註81〕、《楚辭文化的破譯》〔註82〕對《楚辭》神話與其民俗儀式有所討論也促成本文對楚國巫俗資料的瞭解，又有宋公文、張君先生的《楚國風俗志》〔註83〕、過常寶先生的《楚辭與原始宗教》〔註84〕等專書探析皆讓本文對楚地的風俗文化有另一層面認識的可能。

　　而在討論陶淵明的相關議題上，由現今專書、博碩論文與期刊的探討中可以發現，大多以田園、生死、飲酒、隱逸等限於一時一人的專題爲論述要點，但本文在陶淵明研究上所要探討的議題是以巫系文學的儀式性爲主軸，探討遙承屈原下所開展的「菊」意象之文學主題，於是與其相關的文學傳統與神話儀式的討論就成爲本文探討陶詩的目標，像是楊玉成先生《陶淵明文學研究：語言與民間禮儀的綜合分析》〔註85〕對陶淵明詩文採民俗層面的探討方式，並提供本文對陶詩在巫系文學中承繼自《楚辭》的方向有一個參酌的說明，許東海先生的〈歸返、夢幻、焦慮：從陶、柳辭賦論歸田書寫的文類流變及其創作意蘊〉〔註86〕從追溯《楚辭》所引領的歸返

〔註79〕參見李豐楙：〈服飾與禮儀：〈離騷〉的服飾中心說〉，《中國文哲研究集刊》第 14 期（1999 年 3 月），頁 1～50。

〔註80〕參見楊儒賓先生的〈離體遠遊與永恆的回歸——屈原作品反應出的思考型態〉，《國立編譯館館刊》第 22 卷第 1 期（1993 年），頁 17～48。

〔註81〕參見蕭兵：《楚辭文化》（北京：中國社會科學出版社，1990 年）。

〔註82〕參見蕭兵：《楚辭文化的破譯》（武漢：湖北人民出版社，1991 年）。

〔註83〕參見宋公文、張君：《楚國風俗志》（武漢：湖北教育出版社，1995 年）。

〔註84〕參見過常寶：《楚辭與原始宗教》（北京：東方出版社，1997 年）。

〔註85〕參見楊玉成：《陶淵明文學研究：語言與民間禮儀的綜合分析》（臺北：政治大學中文研究所博士論文，1993 年）。

〔註86〕參見許東海：〈歸返、夢幻、焦慮：從陶、柳辭賦論歸田書寫的文類流變及其創作意蘊〉，《漢學研究》第 22 卷第 1 期（2004 年 6 月），頁 47～80。

書寫開始,並重新揭示陶淵明的歸田之作,也提供本文對陶淵明回溯之路的探討方向,葉舒憲先生在《讀山海經》中對陶淵明採取神話思維後所形成詩化變形的文學觀點〔註87〕,賴錫三先生〈〈桃花源記并詩〉的神話、心理學詮釋——陶淵明的道家式「樂園」新探〉〔註88〕使用神話、心理學對陶詩探索方式的啓發,這些都可幫助本文完成對陶淵明與「菊」的人間田園圖像。

第四節　研究方法

　　既然後代以「菊」意象出現的文本屢見不鮮,爲了考察「菊」意象重複出現的內緣與外延之因,由原始思維的心靈探索則不失爲一個可行的辦法,像是埃利希・諾伊曼的《大母神——原型分析》〔註89〕繼承榮格分析心理學的理解,利用神話、儀式與藝術對做爲人類深層心理的大母神這個「原始意象」進行考察,這種追尋文學作品中深層動力的研究也提供本文具體的參考,而在中國的文學研究方面已有學者在此方向累積出相當的成果:民初學者聞一多先生即將神話學、民俗學並重於經史文獻與出土材料,嘗試跨文化的人類學研究思路,以獲得三重證據法的新格局〔註90〕,其名篇《神話與詩》、〈說魚〉等研

〔註87〕 參見葉舒憲:〈《山海經》的詩化變形——從陶淵明到黃芝雨〉,《山海經的文化尋踪——「想像地理學」與東西文化碰觸》(武漢:湖北人民出版社,2004 年),頁 275～298。

〔註88〕 參見賴錫三:〈〈桃花源記并詩〉的神話、心理學詮釋——陶淵明的道家式「樂園」新探〉,《中國文哲研究集刊》第 32 期(2008 年 3 月),頁 1～40。

〔註89〕 參見〔德〕埃利希・諾伊曼著,李以洪譯:《大母神——原型分析》(北京市:東方出版社,1998 年)。

〔註90〕 王國維的「二重證據法」指的是以殷墟考古的地下材料,補充和匡正文獻典籍的紙上材料。而在民初學者聞一多等人在跨文化人類研究的思路擴展之下,已在「二重證據法」的基礎上建立「三重證據法」的新視野來闡發古籍:在文學研究上注重考据學、甲骨學與人類學互相闡釋的運用,並配合民俗學、神話學的材料,擴展對古典文學研究的新視野。

究即爲此代表作，又魯迅、朱光潛、鄭振鐸、凌純聲等人也在文化人
類學的新思路上有所努力，至於近年來學者的具體貢獻，可以參考葉
舒憲先生的一系列專書如《詩經的文化闡釋》〔註91〕、《英雄與太陽
——中國上古詩的原型重構》〔註92〕、《高唐女神與維納斯》〔註93〕
等，皆使用人類學的跨文化視野以重新審視舊籍，而《原型與跨文化
闡釋》〔註94〕、《文學人類學探索》〔註95〕等書則提供了文學人類學
研究上的實際理論建構，另外，像是高師莉芬近年來則在文學人類學
的研究上，著重文本與其形成過程、文化語境的宏觀視野，並運用豐
富的考古材料，在歌詩與圖像的闡釋中探究文學意象的形成與發展變
化，如《漢代歌詩人類學》〔註96〕、〈原型與象徵：漢魏六朝詩歌中
的採桑女及其多重文化意涵〉〔註97〕、〈春會的儀典與象徵：「邂逅採
桑女」的文學原型分析〉〔註98〕、〈水的聖域：兩晉江海賦的原型與
象徵〉〔註99〕等，皆給予本文重要的啓發。當然其他學者的研究成果
也是本文所欲借鑒學習之處，如傅道彬先生《晚唐鐘聲：中國文學的
原型批評》〔註100〕對中國文學的意象與書寫，採用文學批評的視角，

〔註91〕 參見葉舒憲：《詩經的文化闡釋》（西安：陝西人民出版社，2004 年）。
〔註92〕 參見葉舒憲：《英雄與太陽——中國上古詩的原型重構》（西安：陝
　　　　西人民出版社，2004 年）。
〔註93〕 參見葉舒憲：《高唐女神與維納斯》（北京市：中國社會科學，1997
　　　　年）。
〔註94〕 參見葉舒憲：《原型與跨文化闡釋》（廣州：濟南大學出版社，2002
　　　　年）。
〔註95〕 參見葉舒憲：《文學人類學探索》（廣西：廣西師範大學，1998 年）。
〔註96〕 參見高師莉芬：《漢代歌詩人類學》（臺北市：里仁書局，2007 年）。
〔註97〕 參見高師莉芬：《漢代歌詩人類學》（臺北市：里仁書局，2007 年），
　　　　頁 205～249。
〔註98〕 參見高師莉芬：〈春會的儀典與象徵：「邂逅採桑女」的文學原型分
　　　　析〉，《中州學刊》第 3 期，2003 年。
〔註99〕 參見高師莉芬：〈水的聖域：兩晉江海賦的原型與象徵〉，《政大中文
　　　　學報》第 1 期（2004 年 6 月），頁 113～148。
〔註100〕 參見傅道彬：《晚唐鐘聲：中國文學的原型批評》（北京：北京大學
　　　　出版社，2007 年）。

也成為本文參酌「原型批評」視角的重要依據；王立先生《中國古代文學十大主題──原型與流變》〔註101〕、陳炳良先生《神話・禮儀・文學》〔註102〕、許又方先生《虹霓的原始意象在中國文學中的表現及意義》〔註103〕、楊儒賓〈吐生與厚德──土的原型象徵〉〔註104〕、楊玉成〈田園組曲：論陶淵明《歸園田居》五首〉〔註105〕等，皆擴展了古典文學的研究視野，呈現出追尋中國文學中「原始意象」與「原型」的實例。

　　本文對於文學文本中「菊」的原始動力之追尋，則在前文所述學者的研究基礎上，展開對「菊」的「原始意象」與文學象徵的探求。可是必須說明的是，本文在運用西方理論時，並非單向度的援西釋中與生般硬套的理論套用，而是著重在多元視角的啟發，以跨文化的視野重新審視文本的脈絡，但仍以參證經史資料與文本細讀為主，並配合「三重證據法」的運用，希冀能對潛藏在「菊」背後的原始意義有發掘的可能。以下本文將所借用的西方術語之涵意做一說明，以避免削足適履的偏見。

　　「原始意象」（primodial images）這一概念，為瑞士分析心理學家榮格（Carl Gustav Jung）所提出，即他所謂的「原型」（archetypes），是「集體無意識」內容的展現：

> 每一個原始意象中都有著人類精神和人類命運的一塊碎片，都有著在我們祖先的歷史中重複了無數次的歡樂和悲哀的殘餘，並且總的說來始終遵循著同樣的路線。它就像

〔註101〕 參見王立：《中國古代文學十大主題──原型與流變》（臺北市：文史哲出版社，1994年）。

〔註102〕 參見陳炳良：《神話・禮儀・文學》（臺北市：聯經，1985年）。

〔註103〕 參見許又方：《虹霓的原始意象在中國文學中的表現及意義》（臺北：政治大學中文系博士論文，1997年）。

〔註104〕 參見楊儒賓：〈吐生與厚德──土的原型象徵〉，《中國文哲研究集刊》第20期（2002年3月），頁383～445。

〔註105〕 參見楊玉成：〈田園組曲：論陶淵明《歸園田居》五首〉，《國文學誌》第4期（2000年12月），頁193～231。

心理中的一道深深開鑿過的河牀，生命之流（可以）在這
條河牀中突然奔湧成一條大江，而不是像先前那樣在寬闊
然而清淺的溪流中向前漫淌。〔註106〕

這種文化的象徵系統是人類普遍的心理結構模式，其承載了遠古祖
先的生活遺跡，與重複億萬次經驗的先天性遺留，這是潛藏在每個
人內心底層的「種族記憶」，而藝術的創作過程即是受此心理能量所
推引，「從無意識中激活原型意象，並對之加工造型，精心製作，使
之成爲一部完整的作品。通過這種造型，藝術家把它翻譯成了我們
今天的語言，並因而使我們有可能找到一條道路以返回生命的最深
的泉源。〔註107〕」因此，可以說通過文學作品中對「原始意象」的
考察溯源，才能超越符號的表面界線，進而探索文學象徵背後原始
生命力的廣闊空間。

　　針對分析心理學家從心理根源和象徵考察「原始意象」與「原
型」的侷限問題，文學批評家進一步在「原始意象」與「原型」的
符號性、歷史性與社會性加以補充說明，加拿大著名文學批評家弗
萊（Northrop Frye）在《批評的解剖》中系統地建立了「神話——
原型批評」〔註108〕的文學研究途徑，提出「原型」即反覆出現的意
象、母題、人物和結構單位〔註109〕，並探究其與文學象徵之間的關
係：

原型聚集成彼此聯繫的簇群，它們複雜多變，這是有別於
符號之處。在這個複雜體系中，經常有大量的靠學習獲得

〔註106〕 參見〔瑞士〕卡爾‧古斯塔夫‧榮格著；馮川、蘇克編譯：〈談分
　　　　　析心理學與詩歌的關係〉，《心理學與文學》（臺北：久大文化股份
　　　　　有限公司，1994 年），頁 92～93。
〔註107〕 參見〔瑞士〕卡爾‧古斯塔夫‧榮格著；馮川、蘇克編譯：〈談分
　　　　　析心理學與詩歌的關係〉，《心理學與文學》（臺北：久大文化股份
　　　　　有限公司，1994 年），頁 93。
〔註108〕 參見葉舒憲：《神話——原型批評》（西安市：陝西師範大學出版社，
　　　　　1998 年），頁 2。
〔註109〕 參見葉舒憲：《神話——原型批評》（西安市：陝西師範大學出版社，
　　　　　1998 年），頁 16。

的特有聯想，可供人們溝通交流，因為生活在特定文化氛圍中的許多人恰好都熟悉它們。〔註110〕

正由於「原型」具有歷史生成的結構特質，故成為在文學傳統中有約定意義的文學象徵，其根源力量也成為聯繫文學與生活的媒介要素，而不同朝代間文本的內部研究，則在歷史前進的步伐下以「原型」的「置換變形」（displacement）〔註111〕完成文學象徵的演變脈絡，這也提供了本文對於研究不同朝代文本中「菊」意象的探討方向——本文參酌「原型批評」的理論視角，輔以民俗學、文化人類學進行文本間比較的視野，企圖由古老的信仰儀式去推求「菊」的「原始意象」，同時尋繹出潛藏於歷史文獻與文學文本中受其「原始意象」深層內在動力所推引的「菊」之文學象徵，因此本文將以原典的詮釋分析為主，探索「菊」在「香草美人」傳統的推波助瀾之下所產生儀式性的神奇效力，同時探討以屈、陶為主開展下「菊」意象在漢魏晉詩賦的承繼與衍變，另外，由於在原始儀式中衍生出「菊」意象的內緣與外延的思維內涵，又「菊」意象在各朝代文本中反映出結合不同文學主題的宏觀性，故本文參考「置換變形」的概念並提出「衍型」的探究目標：以「置換變形」所重視的文學內容的置換取決於不同時代的標準為基礎，除了對文學中「菊」意象歷時性的演變規律做一探源外，更嘗試於屈、陶開展下的文學與文化脈絡中考察「菊」意象的展演變化，並對與「菊」意象相關的文學文本進行整理，歸納比較以屈、陶為主所引領的「菊」之文學主題，進而闡釋出「菊」意象在文學流變中歷時

〔註110〕 參見〔加〕諾思羅普・弗萊著，陳慧、袁憲君、吳偉仁譯：《批評的解剖》（天津市：百花文藝出版社，2006年），頁146～147。

〔註111〕 葉舒憲先生對弗萊「置換變形」的解釋：文學發展演變的規律線索在於原型的「置換變形」。文學的敘述方面是一個有規律可循的演變過程，文學內容的置換更新取決於每一個時代所特有的真善美標準。這樣，文學史上無數千變萬化的作品就可以通過某些基本的原型而串連起來，構成有機的統一體，從中清楚地看出文學發展中變與不變的規律現象。參見葉舒憲：《神話——原型批評》（西安市：陝西師範大學出版社，1998年），頁20～21。

性與共時性的「衍型」意義，與追尋隱藏在「菊」意象背後的原始意識，而在發掘「菊」的「原始意象」與文學象徵的同時，也探究出各朝代以「菊」爲人心寄託之願的多重文化意涵與象徵。

第五節　研究內容概述

　　第一章第一節旨在說明本文的研究動機與目的，並說明「采摘植物」母題與傳世文獻中「菊」的內在聯繫；第二節以「菊」在「巫系文學」脈絡下的發展，說明以屈、陶做爲本文研究對象之因，並同時界定出「菊」在屈、陶兩者開展下的研究範圍是漢魏晉南北朝中出現「菊」的文本；第三節對「菊」的相關研究部份，由於是站在對「菊」的「原始意象」之溯源，與其在文學傳統中流變的文學象徵，故是以「采摘」巫俗、「身體」與「儀式」爲主軸，整理前人對此三類的貢獻成果，希冀能夠提供本文對「菊──身體──儀式」的不同詮釋方式；第四節說明本文所參酌的「原型批評」的視角，並在「置換變形」的基礎上，提出「衍型」的概念，做爲本文探討「菊」外延意涵與內在動力的研究方式；第五節提出本文的研究架構、各章大要。

　　第二章的主軸在奠定「采摘植物」與「菊」之間的聯繫，並開展「菊──身體」、「菊──儀式」的論述。本文第一節由巫術思維的切入角度，談原始思維下「采摘植物」的巫儀效用，與神話中服佩植物與身體觀之間的聯繫；第二節則從民俗禮儀下手，處理《詩經》「採物興懷」套語中所隱含的神話民俗原型，並由採摘儀式探求在巫儀脈絡中「菊」所具有的避邪、延齡之民俗儀式特性。

　　第三章的主軸以屈原中的「菊」與漢魏晉辭賦所開展的文學象徵意義爲主。第一節以「香草美人」的儀式連結人與香草的關係，而「菊」則在楚騷系統的脈絡底下，經由屈原蘭、菊並舉的方式，形成「香草美人」的文學傳統；第二節則探討漢魏辭賦中的詠「蘭」對屈原不遇情志的承繼；第三節則探討屈賦所開展的菊花與時間的

關係，也進一步在魏晉辭賦中形成時光推移的服食求仙之風氣，以及重九避邪的民俗意涵。

第四章的主軸以陶淵明采「菊」所開展的文學象徵爲主。第一節探析陶淵明對漢魏晉辭賦服「菊」養生書寫的改寫；第二節則探析在「招魂文學」系譜下，陶淵明承繼屈賦的歸返傳統，並進一步轉化爲歸田文學，同時由陶淵明的「菊─松」書寫討論「菊」與田園文學間的關係；第三節由陶淵明〈飲酒〉組詩所開展的「菊」、「酒」主題，討論「采菊」書寫的意義，不僅影響了南朝詩中的「菊──酒」主題，也爲唐宋建立了東籬「菊」的典型與遙承系譜。

第五章說明了在秋霜綻放之「菊」，其亦退亦進的矛盾性格，造就了「菊」的雙重象徵，而在屈、陶書寫「菊」的同時，詩人性格與文學書寫儼然形成相互調和的互補結構，於是屈原與陶淵明人生意義之追尋，已在「菊」意象的文學書寫中呈現「和」之文化精神的終極實現。

第二章　「菊」的原始意象
——「采菊」的巫俗意義

　　在討論「菊」意象這個符號的象徵性意義之前，首先必須先瞭解人與「符號」書寫間相互定義的關係，方可進一步探析「菊」意象書寫所隱含的多重文化意涵。試觀「符號」與中國文學發展的關係，可以說從巫術、神話、宗教的神秘想像到文學藝術的言志抒情，「符號」的確是表達思維載體的主要媒介，人透過「符號」的創造來紀錄自身活動的方式，除了反映自然現象與社會生活的形象外，同時亦含有人類心靈深處的生命價值，正如恩斯特・卡西勒（Ernst Cassirer）於《人論》中所建立的「人──符號──文化」三位一體的文化哲學系統〔註 1〕，可見得「符號活動」的功能是做為創作主

〔註 1〕 恩斯特・卡西勒在其所建構的「象徵形式哲學」中提出了「人是符號的動物」之名言，並針對此總綱在第六章說道:「人的突出的特徵，人的與眾不同的標誌，既不是他的形而上學本性，也不是他的物理本性，而是人的勞作（work）。正是這種勞作，正是這種人類活動的體系，規定和劃定了『人性』的圓周。語言、神話、宗教、藝術、科學、歷史，都是這個圓的組成部份和各個扇面。因此，一種『人的哲學』一定是這樣一種哲學：它能使我們洞見這些人類活動各自的基本結構，同時又能使我們把這些活動理解為一個有機的整體。」參見〔德〕恩斯特・卡西勒著，甘陽譯:《人論──人類文化哲學導引》（臺北市：桂冠，1990 年），頁 102。

體的「人」形塑自我的重要過程,也是聯繫人類文化的樞紐,於是藉由對「符號」思維活動的理解,便能探究人類思想情感客觀化的流動理路,與揭示其在文化脈絡下所賦予的象徵性意義。

若由此對中國文學中具有象徵意味的「符號」進行考察,則可以發現中國文學的語言實有聞一多先生在〈說魚〉中指出的「隱語」功能,以中國術語來說,「隱」相當於《易》中的「象」與《詩》中的「興」,正與西方術語中的意象、象徵屬同類性質〔註2〕,只是中國「隱語」的作用性質是建立在共同文化背景與民族心理的現實性基礎上,這種含蓄的表達方式在脫離當時的時代環境與語境脈絡後,卻成為後人難以理解的象徵性符號。而傅道彬先生則在此為中國興象系統的象徵性意義上,借助西方「原型批評」所提供的理論框架,對考察文學現象背後所含文化象徵體系有一具體的說明:

> 中國文學與原始意象有著深刻的聯繫。以《易》之「象」《詩》之「興」為代表的象徵系統,是中國哲學和藝術的基本表現方法,興與象也是中國文化對原型古老的理論闡釋。中國文學的藝術特徵是以意象表現為基礎的,而古典意象常常具有原型意義。最藝術的也是最傳統的,一個藝術符號,往往牽繫著一個民族豐富的歷史經歷和心靈世界。〔註3〕

於是若想要對中國文學中的意象進行破譯與解碼,則必須先從文化、神話的閱讀去進行溯源的工作〔註4〕,如此方能由意象的深層結構重構出文學與文化間的原始聯繫。而本章所要探究的「菊」意象正是在走向精神考古的這條道路上,希冀勾勒出「菊」這個符號所具有「原始意象」的涵義。

〔註2〕 參見聞一多:〈說魚〉,《聞一多全集》(臺北:里仁書局,2000年),頁117~119。

〔註3〕 參見傅道彬:《晚唐鐘聲:中國文學的原型批評》(北京:北京大學出版社,2007年),頁3。

〔註4〕 參見趙沛霖:《興的起源——歷史積澱與詩歌藝術》(北京:中國社會科學院,1987年)。傅道彬:《中國生殖崇拜文化論》(湖北:湖北人民出版社,1990年)。

本章對「菊」的原始意象之考察，除了力圖恢復「菊」意象在民俗文化層面的涵義外，同時對於「菊」意象背後所隱含人與符號的互動關係，則擬從代表中國思考模式的「身體思維」〔註5〕概念入手，故打算先從「植物符號」中所隱含思維主體的觀照角度進行探析，從而挖掘出「菊」意象是如何在原初性的意義上，與思維主體產生相互作用的關係，以及形成相應的象徵體系。

第一節 菊與植物──植物符號中的巫術思維

考察「菊」意象與其原初象徵意涵間的關係，追索人類思維的起源，或許可以為其提供一個探索的面向。由原始初民看待人與植物的關係來看，植物各式各樣的神顯（hierophany）形態的確成為一套象徵性的植物編碼系統〔註6〕，這種試圖體現植物生命的思考模式，可以說是初民思維的基本信念，於是也引起學者進行對初民生命觀的研究路徑。英國人類學者泰勒（Edward B. Tylor, 1832-1917）《原始文化》（*Primitive Culture*）以「泛靈論」（animism）的解說模式奠基了原始人的宗教觀，認為原始信仰的發生源自初民以夢、幻想的錯誤解釋，

〔註5〕 本文所採用中國思考模式的「身體思維」之概念，即是站在前人研究的成果上進行開展，以討論作為文人創作的思維主體與文學書寫之間的關係。關於「中國身體觀」的概念，楊儒賓先生有說道：「身體既然不是和萬物並列的 being，而是可以體現其精神作用的交感體，因此理解此詞最好的方式，恐怕還是經由東方的體驗之心性形上學。」參見楊儒賓：《儒家身體觀》（臺北：中央研究院中國文哲研究所籌備處，1998年），頁9。

〔註6〕 關於「神顯」的概念，本文參考米爾恰‧伊利亞德的說法：「植物的神顯（或者在植物中表達的神聖）同樣可以在象徵（如宇宙樹）或者『民間』儀式（如『把五月帶回家』、燃木或者農業慶典）中找到，也可以在與人類起源於植物有關的信仰中、在某些樹木與某些個人或者社會之間存在的關係中、在與果實或者花草有關的生殖力量的迷信中、在死去的英雄化為植物的故事中、在植物之神以及農業的神話和儀式中找到。」參見〔美〕米爾恰‧伊利亞德著，晏可佳、姚蓓琴譯：《神聖的存在》（桂林：廣西師範大學，2008年），頁7。

以致於產生萬物有靈的推論〔註7〕，其後的弗雷澤更於《金枝》中進
一步補充初民控制自然的主要法則是訴諸於巫術（magic）的實際用
途，其中「交感巫術」理論的成立也在「相似律」與「接觸律」的聯
想過程中進行實際存在的連結〔註8〕，雖然泰勒、弗雷澤皆已提供初
民宇宙觀的建構模式，但對於事實背後的成因顯然未有充分說明，顯
然深層心理因素的解釋是必要的，而弗洛伊德（Freud,Sigmund,
1856-1939）《圖騰與禁忌》（Totem und Tabu）對此問題採取精神分析
的方法，在發生學同構原則的前提上，援引兒童思維發展做爲原始心
理狀態的對照〔註9〕，以說明初民視理念爲實在的原因與巫術聯想的
心理動機，這部份亦可做爲初民思維方式的參考註腳：

> 人類施行法術（筆者案：原文中 magic 於其書中譯爲法術，
> 此處與本論文所要討論的 magic，即巫術相同）的動機是不
> 難發現的：它們反映了人類的意願。我們所需要假設的衹
> 是，原始人對自己的意願的威力無比信賴。之所以他們著
> 手從事的一切能通過法術來實現，僅僅是因爲他們慾求這
> 一切。……其意願是伴隨著某種運動衝動即意志而出現
> 的。這種意志註定日後要改變地球的整個面貌，以滿足他
> 們的意願。這一運動衝動首先被用來形成一幅關於滿足情
> 景的表象，從而使人有可能通過所謂的運動幻覺（motor
> hallucinations）去體驗那種滿足感。〔註10〕

〔註7〕 參見〔英〕泰勒著；連樹聲譯：《原始文化：神話、哲學、宗教、語
言、藝術和習俗發展之研究》（桂林：廣西師範大學，2005 年）。
〔註8〕 參見弗雷澤著；汪培基譯：《金枝：巫術與宗教之研究》（臺北市：
桂冠圖書，1991 年）。
〔註9〕 依據佛洛伊德的說法：「儘管兒童的運動效率雖然非常低下，但是他
們卻處於相似的心理情境（psychical situation）之中。我曾在別處提
出過一個假設，認爲首先他們是以某種幻覺的方式來滿足自己的意
願，也就是說，通過感官的外導興奮（centrifugal excitations）來爲
自己營造一個令人滿足的情景。成年的原始人當然還會有另外的某
種方法。」參見〔奧〕佛洛伊德：《圖騰與禁忌》（臺北：知書房，
2000 年），頁 130～131。
〔註10〕 參見〔奧〕佛洛伊德：《圖騰與禁忌》（臺北：知書房，2000 年），頁

這種主觀意願的投射活動，伴隨著巫術動作將幻覺作用加以實踐，遂造就了思維主體得以在同化現實的意圖下，達到控制自然客體的可能，於是當初民渴望以自主力量實現預期目的時，強烈的情緒感所帶領的想像活動，便成為宣洩願望的替代性補償，這也是巫術之所以成為原始初民控制自然的主觀信念說明，而此處實行巫術的主體思維狀態，借用心理學術語實可稱之為「巫術思維」（magical thinking）〔註11〕。

　　既然「巫術思維」為初民心理動機與儀式動作的主觀表達方式，可推知當初民面對植物榮衰現象的生命樣態時，必然由此產生具有巫術效力的詮釋角度，從而賦予「植物符號」與神聖意義的聯繫，於是對植物信仰與其象徵形式的瞭解，應該可在此象徵體系的脈絡中，恢復「菊」意象的神聖性特徵，因此，以下就先從「巫術思維」談主觀投射作用下「植物符號」的編碼過程。

壹、植物崇拜與模仿、舞蹈儀式

　　若談及初民的植物崇拜意識，弗雷澤《金枝》一書的研究成果值得參考〔註12〕，根據「五朔節」風俗所遺留的痕跡，不論是五朔樹每

130～131。

〔註11〕 關於「巫術思維」的相關討論可詳見葉舒憲先生的分析。參見葉舒憲：《詩經的文化闡釋》（西安：陝西人民出版社，2004年），頁7。

〔註12〕 其書主要論述的脈絡是從對阿里奇亞狄安娜祭司職位承襲制度的闡釋開始，弗雷澤嘗試解釋「林中之王」（Rex Nemorensis）稱號的由來時，發現了內米聖林的狄安娜崇拜與聖殿附近一株神聖的樹相關，當逃亡的奴隸能夠折取神樹身上的樹枝——「金枝」——就獲得祭司職位候補者的機會，且只有殺死原本守護神樹的祭司，才能接替祭司的職位，成為神話中維爾比厄斯的承繼者與狄安娜的男性伴侶，在這種歷代殺死祭司的習俗中，獲勝者將以林中之王的頭銜，服侍主管收穫、生育的狄安娜女神，而祭司們所拼死捍衛的那株聖樹其實就是狄安娜的化身。當弗雷澤考釋與此相關的內米神話，即認為這些故事內容的不一致性，反映狄安娜崇拜並非歷史事實，但卻提供了崇拜儀式遠古起源的性質解釋，弗雷澤為了探究此樹神崇拜的現象，於是就進一步由歐洲農民傳統的「五朔節」（五朔節花柱）風俗加以考察。參見弗雷澤著；汪培基譯：〈現代歐洲樹神崇拜的遺跡〉，《金枝：巫術與宗教之研究》（臺北市：桂冠圖書，1991年），頁185～204。

年替換的儀式,亦或是消滅神靈的動作(假裝殺五朔樹樹精或殺其化身),這種把樹木或植物看作含有生命力量的觀念,弗雷澤由原始巫術的角度解釋此為植物的死亡與復活儀式──就植物的生命歷程而言,植物可能在經過多天之後呈現衰頹的樣態,故春天殺樹精其實是為了殺死其所寄居的舊化身,從而將神靈轉給新形式的體現者,這是更新生命的復活手段,也是加速植物生長的方式〔註13〕。弗雷澤的研究顯示了植物生命循環的復甦儀式正相應於林中之王的被殺與更替,而代表繁育生殖的狄安娜信仰,更突顯了身為維爾比厄斯化身的林中之王與狄安娜的關係,主要是由兩人結合的象徵來促進土地豐產與人類繁殖的效果,這可以用來說明植物儀式的象徵意義與初民透過巫術力量的輔助有關,設想著當初民在面對無秩序、混亂的自然界時,為了穩定食物與子嗣繁衍的要件,故確保自然秩序的規律狀態成為首要之務,於是初民主觀慾望的投射在透過對自然現象的模擬仿效後,藉由舉辦植物復活或是兩性交媾的巫術召喚儀式,來促進春天的復甦與刺激植物的繁殖,而其中初民之所以有著人與植物能相互產生感應作用的思維方式,主要原因正如同恩斯特・卡西勒所認為將有某種神秘本源的力量聯繫著物類彼此之間的關係:

> 一切生成物都相互關聯並神秘地交織在一起。在為一年之中某些重要時節(主要是太陽自秋分起下降或太陽升起以及光明與生命的復歸)舉行的慶祝儀式上,處處可見的是,這不僅僅是模擬地複製、表現某個外在事件,而是人類活動與宇宙過程的直接交織。……是同一個生命力引起了植物的生長和人的生成、生長。因此,在巫術世界觀和巫術活動中,其中的一方總可以取代另一方。正如在著名的「田野婚床」習俗中,性行為的實踐或表演直接導致土地受孕和豐饒多產。〔註14〕

〔註13〕參見弗雷澤著:汪培基譯:〈處死樹神〉,《金枝:巫術與宗教之研究》(臺北市:桂冠圖書,1991年),頁439~473。

〔註14〕參見〔德〕恩斯特・卡西勒著:黃龍保、周振選譯:《神話思維》(北京市:中國社會科學出版發行,1992年),頁209。

也因為原始初民信奉人同植物生命有著某種神秘關係的內在同一性，因此，由植物崇拜活動所引發的相關巫術儀式，並非只是單純的模仿動作而已，而是主體在神秘體驗過程中所賦予的意指性活動，於是藉由對植物生命榮衰現象的仿造，便產生了復活、婚媾等帶有神性的解釋方式，類似這樣的例子弗雷澤對此亦說道：「埃及和西非人民以奧錫利斯、塔穆茲・阿多尼斯，和阿蒂斯等名字表示生命（尤其是植物生命）每年的衰亡與復甦，把它當作神的化身，每年死去又復生。儘管他們舉行儀式的名稱和細節各地有所不同，但實質都是一樣。〔註15〕」可以說初民的植物崇拜其實就是不同地區的季節性慶祝儀式，因為不論是巴比倫、敘利亞的阿多尼斯，或是弗里吉亞的阿蒂斯、古埃及的奧錫利斯，其儀式主要都象徵著植物顯現生命力量的實存與自我更新，故「植物符號」的使用方式也反映人類祈求、推崇生命的特殊感情。

　　若從與巫術相關的儀式活動來看，除了前文所討論的模仿動作，祭祀舞蹈通常也包括在內，此處以北美印第安人所舉行的巫術式狩獵舞蹈做為一個說明的例子，即人們以為狩獵的成功不只是技藝的實用原則，而在於舞蹈動作的配合仿效，於是舞蹈與狩獵物的出現就形成了巫術性的象徵關係〔註16〕，可以說自身對巫術的信仰程度，是造成人們認為儀式行為之所以有效的原因之一，故主體願望與舞蹈、模仿遂在神秘力量的支配中遵行巫術實踐的法則，由此反觀初民所信奉植物崇拜的內在涵義，「五朔節」風俗的資料的確可進一步提供相關的佐證，在每年春天所舉行植物復活與婚配的模擬儀式外，同時也伴隨著祭祀性的舞蹈表演，如清教徒作家菲力普・斯塔布斯（Philip Stubbes）於《陋俗剖析》一書對五朔柱現象的描

〔註15〕 參見弗雷澤著；汪培基譯：《金枝：巫術與宗教之研究》（臺北市：桂冠圖書，1991年），頁477。

〔註16〕 葉舒憲先生亦以北美洲的野牛為例，論證人類最早的符號行為便出現在狩獵舞蹈中，透過主體意願的思維投射，達到幻想實踐的目的（以舞蹈讓野牛出現），此即巫性思維的意指性符號行為。參見葉舒憲：《詩經的文化闡釋》（西安：陝西人民出版社，2004年），頁14～15。

繪與譴責:「到了五月,在降靈節或其他日子,所有年輕小伙子、姑娘們、老人和婦女……便圍著花柱開始跳起舞來,就像異教的人們向偶像祭祀舞蹈一樣。他們所跳的舞,正是完整的祭祀舞蹈或同類型的舞蹈。我曾經聽到好些很有聲望的人談論這種風俗,他們提到在四十、六十,甚至一百位參加樹林徹夜玩樂的姑娘當中,能夠保持清白回來的不到三分之一。〔註17〕」正因為「五朔節」風俗在巫術儀式的賦予中象徵了春天的降臨,因此,可以想見其過程中所伴隨的舞蹈活動應該也具有特殊的代表意義,而關於此舞蹈與原始宗教的聯繫,蘇珊・朗格(Susanne K. Langer)亦有充分說明:

> 社會發展的最初階段,充滿了「神話意識」。從遠古時代開始,經過以後的部落時代,人們生活在「力量」──神或半神的界中,他們的意志決定了宇宙和人類活動的進程。……但在想像的最初階段,人類周圍這些可怕的、眾多的神並沒有這樣明確的形式。最初對於他們的認識,是通過人的力量和意志在人身上的感覺得到的,這些神最初是通過身體活動得到再現的。身體活動,從實際經驗中抽象出力的感覺,而在實際經驗中,這種感覺往往是模糊的。這種活動,就是人們通常叫做「跳舞」的活動。〔註18〕

可以見得舞蹈活動的發生實際上類似一種宗教活動的心靈體驗,於是在主體意願透過舞蹈動作實現自我情感時,遂恢復了人與神靈間的神秘感應關係,這種精神上的鼓舞也許對於處在蠻荒時代的初民有著莫大的幫助,這亦意同於葉舒憲先生所說:「自我中心邏輯把主觀幻想的因果關係強加於客觀現實,從而克服主客衝突所造成的精神危機和恐慌,把自我信念和宇宙優越感反饋於自身,使焦慮得到宣洩,使心靈得到安慰。〔註19〕」故初民植物崇拜意識所隱含的意義,即表現出

〔註17〕 參見弗雷澤著;汪培基譯:《金枝:巫術與宗教之研究》(臺北市:桂冠圖書,1991年),頁188～189。

〔註18〕 參見〔美〕蘇珊・朗格著;劉大基、傅志強、周發祥譯:《情感與形式》(臺北市:商鼎文化,1991年),頁216。

〔註19〕 參見葉舒憲:《詩經的文化闡釋》(西安:陝西人民出版社,2004年),頁16。

主體意願在藉由舞蹈或模擬動作時，其人與植物之間的關係似乎就在此宗教情感中尋得了共同的根源。此處的分析亦從植物崇拜隱含的巫術思維入手，從而提供了「菊」意象所可能潛藏的原始意涵。

貳、服食／服佩的身體想像

爲了進一步探求植物崇拜下「植物符號」所隱含人對植物投射的巫術思維方式，考察與生命樹相關的形象展現，不失爲一個可行的辦法，古埃及第十八王朝的浮雕繪制是一個著名的例子，圖中描繪著作爲分發飲料給死者靈魂的樹，其中女神的頭和肩膀是從樹中長出，當然與此類似的主題也能在蘇美爾、希臘和愛情海等地區發現樹與女性聯繫起來的符號表徵〔註20〕，若根據埃利希・諾伊曼（Erich Neumann）於《大母神—原型分析》（The Great Mother：An Analysis of the Archetype）一書的分析來看，可以說由神話或藝術品中的女神形象中，的確能發現存在於人類心中的大母神原始意象或原型（the primordial image or archetype of the Great Mother），這種心理現象的象徵性表達與初民看待世界的方式有關，並可歸納爲「女人＝身體＝容器＝世界」的基本公式〔註21〕，當初民以自己的身體做爲投射來經驗世界時，他們注意到了女性賦予生命以營養、防護的偉大特徵，這也使得容器的性質成爲具有女性象徵的符號，就像大地被擬象爲能夠容納萬物、生育不絕的巨型子宮一般，而栽植於大地的生命之樹，也許正因爲高聳繁茂的枝幹與結實累累的突出形象，遂與具有容納、哺育、滋養、保護的女性容器特徵相結合，並發展成一種源源不絕的生命象徵模式，正如埃利希・諾伊曼所言：

> 初民受到「神秘參與」如此強烈的影響，依照一種獨特的
> 趨向與外在世界的石頭、植物、人、動物、星星等等溶爲

〔註20〕參見〔美〕米爾恰・伊利亞德著，晏可佳、姚蓓琴譯：《神聖的存在》（桂林：廣西師範大學，2008年），頁271～273。

〔註21〕參見〔德〕埃利希・諾伊曼著，李以洪譯：《大母神──原型分析》（北京市：東方出版社，1998年），頁3、38～42。

一體,往往把自身轉變為它物。人類和諸神都生於樹而又
葬於樹;人可以變成植物;這兩界是如此親密無間,以至
在任何時候都可以相互並合。人雖然已經取得了一些獨立
性,卻依然與母性子宮緊密聯繫在一起。這種與子宮的接
近不僅是時常發生的人變為植物的神話變形的原因,也是
施行巫術的原因,通過巫術,人類,首先正是女人,試圖
影響植物的生長。〔註22〕

如果植物子宮成為代表生命泉源的表徵,那麼企圖「回歸母體」的人
類正是在重返創造本源的意義上〔註23〕,形成了人類源自植物的生命
連續觀,至於死亡在此處則被看作更新生命的一種變化,人的生命彷
彿種子般又回到植物的子宮中重新孕育而生,故植物子宮這個隱喻女
性身體的容器,便成為供應永恆生命的發源產地,這種以女性具有豐
產能力的子宮,做為象徵植物生命力量的類比方式,葉舒憲先生曾以
世界父母的神話類型為例並說道:「其幻想的發生原理在於,人類用
自己的身體行為為座標,把整個宇宙都身體化了。〔註24〕」於是可以
想見初民是以自身身體與植物間類似的性質,做為相互轉換的基礎
概念,而弗雷澤交感巫術的聯想法則,更為兩者的關係提供了聯繫
的依據,這不只提供了人與植物同源的創作源頭,同時也造就了「植
物符號」蘊涵巫術效用的可能發展。

關於「植物符號」隱含巫術──身體的概念,亦出現於保存中國神
話傳說與地理博物的《山海經》一書,其〈五藏山經〉載有部份草(木)
的形狀與用法,擇要舉例如下:

〔註22〕參見〔德〕埃利希‧諾伊曼著,李以洪譯:《大母神──原型分析》
(北京市:東方出版社,1998年),頁273。
〔註23〕鄭振偉先生曾以伊利亞德時間循環回歸的觀念,進一步說道:「在永
生神話中,『回歸母體』是傳播最廣的主題,即返回創造的本源或象
徵生命之源的子宮。」參見鄭振偉:〈埃利亞代的「比較宗教學」在
兩岸三地的接受過程〉,宣讀於「九十年代兩岸三地文學現象」國際
學術研討會(2006年6月1〜2日),頁15。
〔註24〕參見葉舒憲:《神話意象》(北京:北京大學出版社,2007年),頁
74。

有草焉，其狀如葵，而方莖黃華赤實，其本如藁本，名曰
荀草，服之美人色。〔註25〕（〈中山經〉）

有草焉，其狀如其蓍而毛，青華而白實，其名曰蒗，服之
不夭，可以爲腹病。〔註26〕（〈中山經〉）

其草有草茘，狀如烏韭，而生于石上，亦緣木而生，食之
已心痛。〔註27〕（〈西山經〉）

有草焉，名曰薰草，麻葉而方莖，赤華而黑實，臭如蘼蕪，
佩之可以已癘。〔註28〕（〈西山經〉）

若依據《山海經》所具有古之巫書的特性來看〔註29〕，則應該可以推
知這些草（木）的療效性作用，是建立在巫術思考原則下的一種「服」
用醫療〔註30〕──即服食或服佩某些奇異植物──就積極的方面來
說，其效用可以醫治疾病、健體增智，甚至可以多產、宜子、增加個
人魅力等，當然這裡並不排除草（木）本身仍有藥理作用，只是由《山
海經》所透露巫醫不分的相關記載〔註31〕，或許就不難理解草（木）

〔註25〕參見袁珂校注：《山海經校注》（臺北：里仁書局，1982 年），頁 125。
〔註26〕參見袁珂校注：《山海經校注》（臺北：里仁書局，1982 年），頁 150。
〔註27〕參見袁珂校注：《山海經校注》（臺北：里仁書局，1982 年），頁 23。
〔註28〕參見袁珂校注：《山海經校注》（臺北：里仁書局，1982 年），頁 26。
〔註29〕根據魯迅先生的說法：「《山海經》今所傳本十八卷，記海內外山川
神祇異物及祭祀所宜，以爲禹、益作者固非，而謂因《楚辭》而造
者亦未是：所載祠神之物多用糈（精米），與巫術合，蓋古之巫書也。」
參見魯迅：〈中國小說史略〉，《魯迅小說史論文集》（臺北：里仁書
局，1992 年），頁 15。
〔註30〕李豐楙先生曾將《山海經》中使用草（木）植物的醫療方法歸納爲
四種：「食之」是內服法；「佩之」爲佩帶、服佩；「服之」可能是內
在的服食，也可能是外在的服佩；「可以」則是一般性用法。而其中
「服食」、「服佩」的觀念，爲近於弗雷澤交感巫術（sympathetic magic）
原則的民間醫療法。參見李豐楙：《神話的故鄉──山海經》（臺北：
時報文化，1998 年），頁 29～30
〔註31〕古代典籍亦有提及巫、醫之間的關係，如《山海經·海內經》郭璞
注引《世本》：「巫彭作醫。」《呂氏春秋·勿躬覽》亦云：「巫彭作
醫，巫咸作筮。」而《太平御覽》也引作：「巫咸，堯臣也，以鴻術
爲帝堯之醫。」郭璞〈巫咸山賦序〉亦云：「巫咸以鴻術爲帝堯醫。」
至於其他關於中國古代巫術與醫藥工作的論證，可參見周策縱：《古

具有巫、醫相混的療效功能,再觀《山海經》同時亦載有服用其他負面作用的植物,雖然這不在本文此處討論的範圍之內,故暫且略之,但不可諱言的是,這些植物反映的「服」用性質應是與巫術效用有關的靈物,若按照伊藤清司先生對《山海經》中「服」的具體應用所言:「除『服用』(筆者案:此處作者意指服食)之外,還有佩帶藥物的巫術性療法──大概是直接帶在身體的某些部位上。五月五日用菖蒲水沐浴,把菖蒲葉貼在腹部或頭部以驅除邪氣、求得健康,這種習俗在日本一直保留到現在。〔註32〕」即說明了「植物符號」與「服」用的關係,遂在巫術──身體的聯想中產生神秘感應之作用,但值得注意的是,此種觀念亦反映在《山海經》的植物神話中,如帝女化草的神異敘事,此事見於《山海經‧中山經》:

> 姑媱之山,帝女死焉,其名曰女尸,化為䔄草,其葉胥成,
> 其華黃,其實如菟丘,服之媚于人。〔註33〕(《中山經》)

文中明顯指出二件事,一是帝女化草的形體變形性質;其次是䔄草本身的樣態與產地,尤其是具有「服」之媚人的功用。由於〈中山經〉一則所提供的訊息有限,關於變化說的探討則可參考後世瑤姬傳說之故事,應是此一神話的後續發展,故將〈別賦〉中「惜瑤草之徒芳」一句下注引宋玉〈高唐賦〉曰:

> 我帝之季女,名為瑤姬,未行而亡,封於巫山之臺,精魂
> 為草,寔曰靈芝。〔註34〕

兩者與之交叉比較後,即可獲知帝之女名為瑤姬(女尸),因為未嫁早死(未行而亡),後來被封在巫山,死後的變化狀態則是服之媚人的䔄草(靈芝草),其中帝女之所以變化的主要關鍵在於非願而死亡

巫醫與「六詩」考──中國浪漫文學探源》(臺北:聯經,1986年),頁84~86。

〔註32〕〔日〕伊藤清司著,劉曄原譯:《山海經中的鬼神世界》(北京:中國民間文藝出版社,1990年),頁79。

〔註33〕參見袁珂校注:《山海經校注》(臺北:里仁書局,1982年),頁142。

〔註34〕參見〔梁〕蕭統編,李善等注:《文選》(臺北:藝文印書館,1971年),頁243。

的事實，所以精魂藉由形體的變形，將生命的精神得以繼續延續，此
處正如同於樂蘅軍先生所言：「實際上這形體改化和心志移情的變
形，就是更富有生氣的『再生』；透過變形，死亡就是再生。在這裏
死和生銜接在一個環節上。〔註35〕」可以說「變形」意味著以連續時
間的方式，讓死亡不再是生命的終結，帝女的形體雖然化為蓄草這種
物類，但不變的是兩者的生命情性相通，若根據聞一多先生從語義分
析的角度，認為蓄草是以淫誘人的瑤姬所化，故能服之媚人〔註36〕，
葉舒憲先生進一步探究此蓄草的功能正相當於一種名為「曼陀羅林」
（mandragora）的草葉，它是希臘美神阿弗洛狄忒（Aphrodite）名字
的來源，同時也是女巫為增加魅力、致幻而使用的植物〔註37〕，陳夢
家先生更提出「蓄草即野合時媚人之草」的類似說法〔註38〕，於此，
應可大膽假設帝女所代表的媚人天性即在變形後展現為隱喻女體的
蓄草；由此反觀蓄草所具有的媚人功效，依據郭璞為蓄草「服之媚于
人」一句下注云：「為人所愛也；一名荒夫草。〔註39〕」即可判斷蓄
草或許是在巫術的意義上，透過「服」草的巫術──身體聯想來傳達
帝女媚人的特殊效果。

〔註35〕參見樂蘅軍：〈中國原始變形神話試探〉，《古典小說散論》（臺北市：
　　　大安出版社，2004 年），頁 32。另外，值得一提的是，李豐楙先生
　　　對於神話傳說中的變化觀念，則採神仙傳說史、道教史之立場，從
　　　而提出了神話至仙話的承繼關係，此變化神話到神仙變化傳說的發
　　　展脈絡，可做為本文處理變化觀念在文本分析上呈現的一個參考方
　　　向。參見李豐楙：〈不死的探求──從變化神話到神仙變化傳說〉，《中
　　　國神話學文論選萃》（北京：中國廣播電視，1994 年），頁 389～415。
〔註36〕聞一多先生亦指出：「神女之以淫行誘人者謂之瑤姬，草有服之媚於
　　　人，傳變瑤姬所化者謂之蓄草，男女相誘之歌辭謂之謠，並今人呼妓
　　　女曰媱子，皆繇意之引申也。」參見聞一多：《聞一多全集》第 2 卷
　　　（上海：三聯書局，1948 年），頁 552。
〔註37〕參見葉舒憲：《詩經的文化闡釋》（西安：陝西人民出版社，2004 年），
　　　頁 85～86。
〔註38〕參見陳夢家：〈高禖郊社祖廟通考〉，《清華學報》第 12 卷第 3 期（1937
　　　年），頁 446。
〔註39〕參見袁珂校注：《山海經校注》（臺北：里仁書局，1982 年），頁 142。

綜合以上說法,可知《山海經》中的「服」用書寫做為神話象徵的表述方式,其中也反映了初民的生命觀,根據恩斯特‧卡西勒的說法:

> 原始人絕不缺乏把握事物的經驗區別的能力,但是在他關
> 於自然與生命的概念中,所有這些區別都被一種更強烈的
> 情感淹沒了:他深深相地相信,有一種基本的不可磨滅的
> 生命一體化(solidarity of life)溝通了多種多樣形形色色的
> 個別生命形式。〔註40〕

可以說初民對待人與植物間的關係,即是在「生命一體化」的概念中形成生命互動的巫術交感原則,故動作、言詞、情感皆能在此脈絡中有著滲透感應的作用,而《山海經》具有巫術思考的「服食」、「服佩」觀念,或許可視為卡西勒「一體感」的具體印證,因為其中所透露進入或貼近身體的植物接觸,能讓植物的表面特徵或實質層面之特殊效用,在類比聯想中療癒與其相應或相剋的身體疾病〔註41〕,這種藉由「植物符號」書寫所展現的巫術效力,除了代表巫術醫療的思維外,同時其所配合身體想像之「服食」、「服佩」觀念的感應方式,也發展成為《山海經》中具有象徵意義的「服」字用例書寫。由這裡所揭示「植物符號」背後所具有巫術——身體聯想的意義來看,也為後文探析「菊」意象書寫隱含的巫術——身體的概念,提供了一個溯源的參考。

參、採摘植物與咒術幻相

另外,「植物符號」背後所潛藏的巫術思維亦有儀式性的表現方

〔註40〕 參見〔德〕恩斯特‧卡西勒著,甘陽譯:《人論——人類文化哲學導引》(臺北市:桂冠,1990年),頁122。

〔註41〕 《山海經》中的醫療巫術,即是透過弗雷澤所謂的「接觸」法則——尤其是「服食」和「服佩」——使靈物貼近人體,但主要是通過「類似」(聯想)或「互滲」(思維),讓具有某種表面相似性特徵的靈物來克服其對立面。參見葉舒憲、蕭兵、鄭在書:《山海經的文化巡踪》(武漢:湖北人民出版社,2004年),頁1681。

式，這可以由初民的植物崇拜當中，位於世界中心與宇宙軸的生命樹談起。在北歐神話中有棵名爲雨格德拉希爾（Yggdrasil）的神聖大樹，其樹冠向上延伸、枝葉高聳雲天、根部植入大地中心，可以做爲具有生命泉源象徵的代表〔註42〕，其他像是美索不達米亞人以椰棗樹做爲聖樹、印度有代表宇宙的倒置菩提樹、斯堪的納維亞人則將生命樹體現爲對橡樹的崇拜等，這些都是生命樹主題的不同展現，另外，世界諸民族也同樣有著類似的觀念，例如薩克森人以這棵樹爲支撐世界的宇宙柱、阿爾泰民族相信世界中心生長著枝幹直抵天堂的巨大杉樹、阿巴坎的韃靼人認爲有一棵七枝的樺樹爲七重天的象徵，米爾恰・伊利亞德（Mircea Eliade, 1907-1986）更進一步指出薩滿頌歌中穿越天界並札根大地的樹，就像天空一樣有七層，當薩滿（Shaman）舉行升天儀式時，要爬上有七道階梯的樺樹，不過，這通常由一根有七道臺階的柱子來代表，故不論是聖樹或是替代的柱子，皆成爲位居世界中央的宇宙柱象徵〔註43〕，至於薩滿與聖樹或柱之間的關係，不妨參考張光直先生根據佛爾斯脫（Peter T. Furst）於《邁撒美利坎宗教裡的薩滿教遺跡》（*Shamanistic survivals in Mesoamerican religion*）擬測的「亞美式薩滿教的意識形態內容」

〔註42〕依據埃利希・諾伊曼引用寧克的說法：「樹是命運的象徵，因爲它根植於大地深層。但更重要的是，它的生長進入到時間的深處，像家譜樹一樣分出許多支系，並且年復一年地增加新的一輪，以展示其年齡。占整體支配地位的是世界樹（Yggdrasill），是《埃達》（Edda, 古代冰島文學作品合集）的神話世界圖中『一切樹中最偉大最優異的樹』，它的樹冠向上伸展，以使『它的枝葉直聳雲天』，它的三個主幹深深植入大地深處，那裡環繞著尼弗爾海姆（Niflheim）、阿斯加德（Asgard）和約圖恩海姆（Jotunnheim），是冷酷的巨怪王國。」參見〔德〕埃利希・諾伊曼著，李以洪譯：《大母神——原型分析》（北京市：東方出版社，1998年），頁257～258。

〔註43〕以上例子出自 M. Eliade, Shamanism: Archaic Techniques of Ecstasy（《薩滿教—古老迷幻術的研究》）, trans. by Willar R. Trask, Princeton University Press, 1964. 至於其他詳細資料，參見〔美〕米爾恰・伊利亞德著，晏可佳、姚蓓琴譯：《神聖的存在》（桂林：廣西師範大學，2008年），頁284。

所言:

> 宇宙一般是分成多層的,以中間的一層以下的下層世界和
> 以上的上層世界爲主要的區分。下層世界與上層世界通常
> 更進一步分成若干層次,……宇宙的諸層之間爲一個中央
> 之柱(所謂「世界之軸」所穿通);這個柱與薩滿的各種向
> 上界與下界升降的象徵物在概念上與在實際上都相結合。
>
> 〔註44〕

可以說天、地兩者間的交通與薩滿〔註45〕做爲媒介來往於貫通宇宙諸
層的聖樹有關,但附帶一提的是,當薩滿爲了升登神界與之交往溝
通,往往會借助某種具有致幻作用的植物,以達到昏迷失魂的精神狀
態,從而產生迷幻過程的想像飛昇,於是幫助薩滿登天的聖樹與產生
通神效果的致幻植物就成爲宗教過程中重要的通天工具。

　　反觀中國古代也存在著同薩滿一樣具有通天能力的工作者〔註
46〕,中國文獻所記載「絕地天通」的神話,可做爲了解天地交通始
末的代表,《尙書‧呂刑》指出由於古代苗民作亂,於是始有顓頊「命
重、黎,絕地天通」一事,以此相對照於《國語‧楚語》觀射父與
楚昭王的對答,更說明了古代巫所扮演的重要角色,文中提及巫有
著溝通天地、維持人神秩序不混雜的任務,直到少皥時代出現民神

〔註44〕參見張光直:《美術、神話與祭祀》(臺北:稻香出版社,1993年),
　　　　頁149。
〔註45〕薩滿教(Shamanism)是我國北方阿爾泰語系一些民族普遍信仰的一
　　　　種原始宗教。薩滿一詞來源於通古斯語,意爲激動、不安和瘋狂的
　　　　人。其起源於遠古,主要的特徵是作爲人神之間溝通的使者。參見
　　　　秋浦:《薩滿教研究》(上海:人民出版社,1985年),〈引言〉頁 1
　　　　～4。關於薩滿教的研究,亦可參考凌純聲《松花江下的游的赫哲族》
　　　　(臺北:臺灣商務,1991年)。
〔註46〕根據張光直先生爲中國巫者所下的定義:「卜辭中金文的巫字可能象
　　　　徵兩個矩,而用矩作巫的象徵是因爲矩是畫方畫圓的基本工具,而
　　　　由此可見巫的職務是通天(圓)地(方)的。」參見張光直:《中國
　　　　青銅器時代(第二集)》(臺北:聯經,1990年),頁 48。關於中國
　　　　巫者即薩滿的說法,亦有學者持不同意見,可參見李零:〈絕地天通
　　　　──研究中國早期宗教的三個視角〉,《中國方術續考》(北京:中華
　　　　書局,2006年),頁 362～367。

雜糅、家爲巫史的局面時，帝顓頊則在重建天人溝通的關係中，賦予巫的工作以新的地位〔註47〕，這段史料反映了巫文化在中國古代可能起的關鍵性作用，只是關於巫者如何登天的記載，由《山海經》所提供的相關資料，應可對古代中國巫者有一個了解的方向：

　　巫咸國在女丑北，右手操青蛇，左手操赤蛇，在登葆山，

　　群巫所從上下也。〔註48〕（〈海外西經〉）

郭璞在「群巫所從上下也」一句下注：「採藥往來。」同時〈大荒西經〉也有「有靈山……十巫從此升降，百藥爰在」〔註49〕之說，文中所言的登葆山或是靈山，除了具有巫者上下、升降的天梯屬性，也同是巫者採藥的地點，若細究兩者的關係，《山海經》中具有升降性質的建木似乎可做爲此處的補充，〈海內經〉有云：

　　有木，青葉紫莖，玄華黃實，名曰建木，百仞無枝，有九

　　欘，下有九枸，其實如麻，其葉如芒，大暤爰過，黃帝所

　　爲。〔註50〕

文中明白指出建木是棵高達百仞的奇異之樹〔註51〕，又《淮南子》亦有對建木形象的描繪：

　　建木在都廣，眾帝所自上下，日中無景，呼而無響，蓋天

　　地之中也。〔註52〕（《淮南子・墜形篇》）

也因爲建木與薩滿所攀登的聖樹皆有位居「天地之中」的特色，因

〔註47〕《國語・楚語》云：「及少暤之衰也，九黎亂德，民神雜糅，不可方物，夫人作享，家爲巫史，無有要質。民匱于祀，而不知其福，烝享無度，民神同位。民瀆齊盟，無有嚴威。神狎民則，不蠲其爲。嘉生不降，無物以享。禍災薦臻，莫盡其氣。顓頊受之，乃命南正重司天以屬神，命火正黎司地以屬民，使復舊常，無相侵瀆，是謂絕地天通。」參見〔清〕董增齡：〈觀射父論絕地天通〉，《國語正義》卷十八〈楚語〉下（京都：中文出版社，1980年），頁305。

〔註48〕參見袁珂校注：《山海經校注》（臺北：里仁書局，1982年），頁219。

〔註49〕參見袁珂校注：《山海經校注》（臺北：里仁書局，1982年），頁396。

〔註50〕參見袁珂校注：《山海經校注》（臺北：里仁書局，1982年），頁448。

〔註51〕〈海內南經〉：「有木，其狀如牛，引之有皮，若纓、黃蛇。其葉如羅，其實如欒，其木若蓲，其名曰建木。在窫窳西弱水上。」

〔註52〕參見〔漢〕高誘注：《淮南子》（臺北：世界書局，1991年），頁57。

此,《淮南子》文中「眾帝所自上下」的描述,若與〈海內經〉「大
皞爰過,黃帝所爲」進行對讀,就可看作是具有古代帝王身份的巫
者,經由建木上下於天地之間;其次,關於建木「日中無景,呼而
無響」的特徵,〈大荒西經〉中的壽麻也有類似「正立無景,疾呼無
響〔註53〕」的敘述模式,據此,蕭兵先生對建木與壽麻〔註54〕是二
合一聖樹的論證有其說法:「『建木:壽麻』的『日中無景』也表示,
人們只要『服食』(或僅僅『感受』)它,便能夠達到無影無形、無
拘無束、如飛如翔那樣的『神仙境界』——就好像九欄九枸的神樹
能讓人們感知宇宙的結構那樣。〔註55〕」可以說建木與壽麻是具有
對位性質的世界樹或宇宙軸,同時也是一種服食後會產生幻覺作用
的植物。於是若由上述所論及巫者升降與「採藥往來」一事,來看
待做爲巫者昇登的建木,可進一步理解到建木這種致幻植物,不只
做爲巫者升降的天梯,也是幫助巫者產生迷幻作用的通神植物,故
「採藥往來」所顯示的意義,或許不妨看作是巫者藉由採摘植物所
進行迷幻過程的通天體驗。

　　由巫者昇登所透露採摘植物與其相關的迷幻效用來看,除了呈
現中國古代文化中的巫俗意涵,在文學作品中似乎也可找到「採摘
植物」母題的痕跡,像是《詩經》中普遍有著以「採摘植物」爲起
興的套語形式〔註56〕,若根據前人的研究成果則不難發現這種反覆

〔註53〕 〈大荒西經〉:「有壽麻之國。南嶽娶州山女,名曰女虔。女虔生季
　　　　格,季格生壽麻。壽麻正立無景,疾呼無響。爰有大暑,不可以往。」
〔註54〕 根據蕭兵先生的說法:「建木跟世界中心的『壽麻』是可以互喻、可
　　　　以相轉的關係。最重要的兩項指標——日中無影,呼而無響——被
　　　　《山海經》(壽麻)《淮南子》(建木)所同具。」參見葉舒憲、蕭兵、
　　　　鄭在書:《山海經的文化巡踪》(武漢:湖北人民出版社,2004年),
　　　　頁1566～1570。
〔註55〕 參見葉舒憲、蕭兵、鄭在書:《山海經的文化巡踪》(武漢:湖北人
　　　　民出版社,2004年),頁1576。
〔註56〕 王靖獻先生曾以口述套語的方式,探析《詩經》中「言采其+植物
　　　　名」的句式。參見王靖獻著;謝謙譯:《鐘與鼓:詩經中的套語及其
　　　　創作方式》(The Bell and the Drum:Shih Ching as Formulaic Poetry in
　　　　an Oral Tradition)(四川:四川人民出版社,1990年),頁18～19。

出現的程式套語，背後實含有巫術儀式的意義〔註57〕，故追索初民神秘想像的思維方式，弗雷澤提出「交感巫術」的理論法則，正爲「採摘植物」書寫所隱含人的行爲活動與「植物意象」間的關係做了一個連繫，但關於「交感巫術」這個現象背後的成因，路先·列維－布留爾（Lucién Lévy-Brûhl, 1857-1939）則進一步提出原始思維中神秘「互滲」〔註58〕的概念，來說明其想像事物間關係的思維特殊性，具有「不分化性」，沒有主客之分，沒有自然、超自然的區分，同時也表現出對矛盾律的不關心，不同於邏輯思維那樣必須避免矛盾的發生〔註59〕；恩斯特·卡西勒更在弗雷澤的基礎上，發現巫術——宗教共同的根源在於「交感的」（sympathetic）這樣的概念上，他說：

> 一切巫術就其起源與意義而言都是「交感的」，因爲人如果不是深信有一個把一切事物統一起來的共同紐帶，——在他與自然之間，以及在不同種類的自然物體之間所作的那種分離，歸根結底，是一種人爲的分離而不是真實的分離——他就不會想到去與自然發生巫術的聯繫。〔註60〕

可見「交感巫術」神秘力量的來源，在於初民主觀情感的強烈投注，這種相信生命同一性的聯結觀念，並非只是科德靈頓（R. H. Codrington）從美拉尼西亞（Melanesians）土著發現的「曼那」〔註61〕

〔註57〕 參見〔日〕白川靜著，王巍譯：《中國古代民俗》（瀋陽：春風文藝出版社，1991 年），頁 81～92。〔日〕白川靜著，杜正勝譯：《詩經研究》（臺北：幼獅文化公司，1982 年）。葉舒憲：《詩經的文化闡釋》（西安：陝西人民出版社，2004 年），頁 73～86。

〔註58〕 「互滲」，英譯爲 participation，意即「共同參加」。列維—布留爾用此術語指的是存在物或客體通過一定方式（如通過巫術儀式、接觸等）占有其他客體的神秘屬性。參見〔法〕路先·列維—布留爾著：丁由譯：《原始思維》（臺北：臺灣商務，2001 年），頁 6。

〔註59〕 參見〔法〕路先·列維—布留爾著，丁由譯：《原始思維》（臺北：臺灣商務，2001 年），頁 77。

〔註60〕 參見〔德〕恩斯特·卡西勒著，甘陽譯：《人論——人類文化哲學導引》（臺北市：桂冠，1990 年），頁 139。

〔註61〕 「曼納」是一種超自然力量的原始概念，易洛魁人的奧倫達（orenda），

（Mana），依照馬凌諾斯基（Bronislaw Malinowski,1884-1942）的說法:「巫術不是一種處處都有的力量,自動走向何處或被引至何處。巫術是一種特殊的力量,獨一無二的一種力量,只深深地隱藏於人身之內,唯有人的巫術才能把它解放出來。〔註62〕」這裡說明了人的主觀情志在巫術過程中所起的作用,由此反觀「採摘植物」套語所顯示的書寫意涵,其採摘所產生咒術幻相的巫術儀式,主要是藉由詩人主體意願的投射性作用,對採摘動作與植物間的關係賦予祝願性質,於是「採摘植物」套語的反覆出現,所代表的正是在交感巫術的情感連繫上,展現爲一種神聖根源的再現與詩人預祝的期待。而本文對於「菊」意象其原始意義的探討,即是由採摘植物的巫俗脈絡下,進行後文分析的依據。

第二節　菊與民俗──「菊」意象的民俗禮儀探析

　　若要進一步探求「菊」意象在中國文化層面承載的民俗意涵,由上述所論及在初民植物崇拜下與之相關的「植物符號」遂在神聖力量的賦予中,隱含有巫術效用的面向存在,這也成爲本文探討「菊」意象的在巫俗文化脈絡中的參考依據。可以說人們透過宗教經驗的過程對象徵「中心軸」（central axis）的一系列宇宙柱形象（包括梯子、樹木、高山等）進行投射,從而藉由禮儀的淨化作用重現諸神在宇宙「創始」（the beginning of time）時的「典範」（paradigm）、「範例」（exemplary models）行爲,這樣的模仿動作不只在空間的同質性中構成一道突破點（breaks）與斷裂點（interruptions）,也爲其所揭示的「定點」（the fixed point）建構起「神聖空間」的宇宙價值〔註63〕,米爾恰‧伊利

　　　蘇人的瓦肯（wakan）,阿爾袞琴人的瑪尼托（manitu）,均是同樣的概念。
〔註62〕參見〔英〕馬凌諾斯基著;朱岑樓譯:《巫術、科學與宗教》（臺北:協志工業,1978年）,頁54。
〔註63〕參見伊利亞德著;楊素娥譯;胡國楨校閱:《聖與俗:宗教的本質》（臺北:桂冠圖書,2000年）,頁71～75。

亞德更進一步舉了十六世紀英格蘭人採摘植物所用的咒語為例，來說明某些植物之所以具有巫術與療效功能，亦起源於其採摘的儀式性動作與重返諸神創造宇宙的關係，他說道：

> 在宇宙的一個關鍵時刻（「彼時」），原型（筆者案：此處意同伊氏「典範」之義，非榮格集體無意識的原型）藥草在骷髏地之山上被發現了。它們治療了救世主的創傷，所以就超凡入聖了。採集到的藥草如要發揮功效，採集者必須重現這原初的治療事蹟。……這些通俗的耶教法術承續古老的傳統而來。例如在印度，卡匹薩卡草（Kapitthaka）所以能治療性無能，原因在太初之際，香音神（Gandharva）曾利用它來增進婆樓那的生殖力。是故，人們實行搜集這種藥草儀式，事實上就是重複香音神的事蹟。〔註64〕

文中顯示了採摘活動能夠重現宇宙初現時的神話時刻，故透過定期節慶禮儀的反覆實行，正為時間的連續性（凡俗時間）標示出「神聖時間」的本質〔註65〕，而「採摘植物」儀式於此所代表的淨化意義，當是藉由定時、定點的禮儀性投射，於神聖時空的建構中再現與諸神有關的治療行為，因此，「植物符號」便在儀式性的採摘活動中，回歸到時間起源時的神話事件，並在宇宙創生的力量中獲得新生、治癒疾病的巫術性功效。

由於「植物符號」在「採摘儀式」的開展下，成為其由俗入聖的象徵媒介物，由此，本節則分別透過上古時期與中古時期的民俗資料入手，希冀從民俗禮儀的層面對中國文化中的「植物符號」進行探析，從而揭示出「菊」意象在中國文化中形成的象徵性意涵。

壹、採摘與登高儀式：菊花慶典的原型

關於「菊」與歲時節日的關係，雖與漢魏六朝對重陽佳節的重視

〔註64〕參見伊利亞德著；楊儒賓譯：《宇宙與歷史：永恆回歸的神話》（臺北：聯經，2000年），頁24、25。
〔註65〕參見伊利亞德著；楊素娥譯：胡國楨校閱：《聖與俗：宗教的本質》（臺北：桂冠圖書，2000年），頁126～131。

有關,但其中所隱含的民俗文化脈絡,實有跡可尋,故本文在對「菊」意象進行文化破譯時,首先,得先對中國民俗禮儀中採草折花以贈的風俗有一個初步的了解。若根據法國漢學家葛蘭言(Marcel Granet,1884-1940)對《詩經》戀歌所作的研究,可發現這些詩歌是上古季節儀式的產物,其所歌詠的情感特質尤其表明了原始狀態下男女兩性在定期節慶中所相伴生的愛情〔註66〕,於是就此特定地點與時間的採摘、贈花來看,儼然成為具有特殊意義的象徵行為,而《詩經·鄭風·溱洧》的內容正典型的反映了這種禮俗:

> 溱與洧,方渙渙兮。士與女,方秉蘭兮。女曰「觀乎」?士曰「既且」。且往觀乎洧之外,洵訏且樂。維士與女,伊其相謔。贈之以勺藥。
>
> 溱與洧,瀏其清矣。士與女,殷其盈矣。女曰「觀乎」?士曰「既且」。「且往觀乎洧之外。洵訏且樂」,維士與女,伊其將謔,贈之以勺藥。〔註67〕

據《漢書·地理志》引〈溱洧〉一詩,顏師古注曰:

> 謂仲春之月,二水流盛,而士與女執芳草於其間,以相贈遺,信大樂矣,惟以戲謔也。〔註68〕

詩中描繪了鄭國在溱、洧二河水漲時,於仲春二月舉行男女會合的狂歡節慶,按孫作雲先生對《詩經》戀歌所做的禮俗研究,即認為這種在仲春之月期間舉行的「令會男女,奔者不禁」之風俗,實與祭祀高禖、水邊祓禊求子的儀式背景有關〔註69〕,其中男女在互相戲謔時往往藉由採草執花的活動以示婚約定情,若依照陳柄良先生為《詩經》

〔註66〕參見〔法〕葛蘭言(Marcel Granet)著,趙丙祥、張宏明譯:《古代中國的節慶與歌謠》(桂林:廣西師範大學出版社,2005年),頁135。

〔註67〕參見〔漢〕鄭玄箋,〔唐〕孔穎達疏,〔清〕阮元審定:《十三經注疏》(臺北:新文豐,1988年),《毛詩正義》卷4之4,頁182~183。

〔註68〕〔漢〕班固撰:〈地理志〉,《漢書》(臺北:鼎文書局,1981年),卷28下,頁1653。

〔註69〕參見孫作雲:《詩經與周代社會研究》(北京:中華出版,1966年),頁302、303。

中「采花草」母題所進行的探析，便可發現採摘活動所代表的意義除了表現戀愛、婚姻外，〈采蘩〉、〈采蘋〉的內容更反映出中國古代增殖禮儀（fertility）中男女交合的象徵性行為〔註70〕，故在此時空背景下「採摘植物」所蘊涵的文化意涵，也就為《詩經》中採物摘植起興的套語，勾勒出其節慶背後男女情愛符碼的表述方式。但值得注意的是，《詩經》中這些「採摘興懷」之詩，除了表達男女情慾之外，同時也涉及其他相思、懷人的主題，於此，亦與「登高」這個代表空間的符號，結合成「採摘登高」的套式：

> 陟彼南山，言采其蕨。未見君子，憂心惙惙；亦既見止，
> 亦既覯止，我心則說。〔註71〕（〈召南・草蟲〉）
>
> 陟彼阿丘，言采其蝱。女子善懷，亦各有行。許人尤之，
> 眾穉且狂。〔註72〕（〈鄘風・載馳〉）
>
> 陟彼北山，言采其杞。王事靡盬，憂我父母。檀車幝幝，
> 四牡痯痯。征夫不遠。〔註73〕（〈小雅・杕杜〉）
>
> 陟彼北山，言采其杞。偕偕士子，朝夕從事。王事靡盬，
> 憂我父母。〔註74〕（〈小雅・北山〉）

由這些歌詩的敘述內容來看，不管詩人當時是否真有登高採集的動作一事，但不可否認的是，其「採摘登高」的套式歌詠實有思鄉懷人的實際意圖，若在進一步探究其背後的民俗文化意涵，可以說「登高」不僅與「採摘」有關，同時也與「飲酒」產生了聯繫的關係，如〈周南・卷耳〉：

〔註70〕 參見陳炳良：《神話・禮儀・文學》（臺北：聯經出版，1986年），頁97。
〔註71〕 參見〔漢〕鄭玄箋，〔唐〕孔穎達疏，〔清〕阮元審定：《十三經注疏》
　　　　（臺北：新文豐，1988年），《毛詩正義》卷1之4，頁51。
〔註72〕 參見〔漢〕鄭玄箋，〔唐〕孔穎達疏，〔清〕阮元審定：《十三經注疏》
　　　　（臺北：新文豐，1988年），《毛詩正義》卷3之2，頁125。
〔註73〕 參見〔漢〕鄭玄箋，〔唐〕孔穎達疏，〔清〕阮元審定：《十三經注疏》
　　　　（臺北：新文豐，1988年），《毛詩正義》卷9之4，頁340。
〔註74〕 參見〔漢〕鄭玄箋，〔唐〕孔穎達疏，〔清〕阮元審定：《十三經注疏》
　　　　（臺北：新文豐，1988年），《毛詩正義》卷13之1，頁444。

> 采采卷耳,不盈頃筐。嗟我懷人,寘彼周行。
> 陟彼崔嵬,我馬虺隤。我姑酌彼金罍,維以不永懷。
> 陟彼高岡,我馬玄黃。我姑酌彼兕觥,維以不永傷。
> 陟彼砠矣,我馬瘏矣,我僕痡矣,云何吁矣! 〔註75〕
> (〈周南‧卷耳〉)

此詩《毛詩序》云:「卷耳,后妃之志也。又當輔佐君子,求賢審官,知臣下之勤勞;內有進賢之志,而無險詖私謁之心,朝夕思念,至於憂勤也。〔註76〕」按傳統詩教的解詩系統,乃將戀人之思解作對賢才的渴求。但依葛蘭言先生從民俗研究的視角考察,則認爲此類山川歌謠正是男女之間表達愛情的賽歌競賽〔註77〕;然而白川靜先生對於〈卷耳〉詩中男女對歌的闡釋,則以爲:

> 登高飲酒之俗,成爲後世九月九日的重陽節,異地遊子在這天登臨附近的小山,頭簪茱萸,飲菊花酒,遙望故鄉,感應家人心靈。〈卷耳〉的登高飲酒是古代登高習俗的情狀。……細味詩句,有思戀遠行者的婦人,有懷念婦人的遊子,有二者精魂共感的儀式,即所謂招魂續魄的禮儀,這些都是毫無疑問的。摘草而置於道邊,登山而企望故鄉,並非只是單純的感傷詠歎,應該是遊人旅外與思戀旅人者之間心神靈魂感應的古俗。〔註78〕

即明白指出「登高飲酒」與「採摘」皆具有所謂的振魂儀式之功能,只是「登高飲酒」之俗在《詩經》時代或許僅僅做爲思鄉懷人的儀式性歌詠,在當時尚未形成歲時節慶中固定的民俗內容,若根據宗懍《荊

〔註75〕 參見〔漢〕鄭玄箋,〔唐〕孔穎達疏,〔清〕阮元審定:《十三經注疏》(臺北:新文豐,1988年),《毛詩正義》卷1之2,頁33～34。

〔註76〕 參見〔漢〕鄭玄箋,〔唐〕孔穎達疏,〔清〕阮元審定:《十三經注疏》(臺北:新文豐,1988年),《毛詩正義》卷1之2,頁33。

〔註77〕 參見〔法〕葛蘭言(Marcel Granet)著,趙丙祥、張宏明譯:《古代中國的節慶與歌謠》(桂林:廣西師範大學出版社,2005年),頁100～101。

〔註78〕 參見〔日〕白川靜著,杜正勝譯:《詩經研究》(臺北:幼獅文化公司,1982年),頁45～46。

楚歲時記》所載：

> 九月九日，四民並籍野飲宴。注云：九月九日宴會，未知
> 起於何代？然自漢世以來未改。今北人亦重此節，佩茱萸，
> 食餌，飲菊花酒。云令人長壽，近代皆宴設於臺榭。〔註79〕

可以見得這種登高宴飲的活動遂在漢魏六朝時的重陽佳節中形成
了「登高飲菊酒」的相關風俗，且由於「菊」是九月應時而生之花，
於是始有採菊的相關記載，如崔寔《四民月令》曾云：「九日可采
菊華。〔註80〕」但採菊的目的為何？依《西京雜記》有云：

> 戚夫人（筆者按：戚夫人為漢高祖寵妃）侍兒賈佩蘭，後
> 出為扶風人段儒妻。說在宮內時見……九月九日，佩茱
> 萸、食蓬餌、飲菊萼酒，令人長壽。菊萼舒時，並採莖葉
> 雜秫米釀之，至來年九月九日始熟就飲焉，故謂之菊萼
> 酒。〔註81〕

可知採菊的莖和葉，並伴以秫米，進一步是為了製酒，以做為次年重
陽登高飲菊酒之用，因此，可以說「菊」所具有的儀式性象徵，即在
重陽這個節慶時間當中，具體的反映為「採摘」與「登高」的民俗禮
儀。而前文所提及《山海經》中巫者「登高採藥」的儀式，實為「採
摘植物」母題揭示了巫俗儀式的痕跡，故對於「菊」意象巫俗脈絡的
探析，也必須聯繫到民俗禮儀所隱含神話儀式原型的範疇來考察，以
此來恢復「菊」意象在儀式性採摘動作中的原始面向。

貳、「菊」水源與延齡

　　在草木凋落的九月時節中，也因為菊花翩然獨榮的特色，於是成
為九月應時之花，依照《埤雅》的說法：「《爾雅》曰：蘜，治蘠，今
之秋華鞠也。鞠艸有華，至此而窮焉，故謂之鞠。一曰，鞠如聚金，

〔註79〕參見王毓榮：《荊楚歲時記校注》（臺北：文津，1988 年），頁 212。
〔註80〕參見〔漢〕崔寔撰：《四民月令》（臺北：藝文印書館，1970 年《百
　　　部叢書集成》據清嘉慶王謨輯刊本影印），頁 13。
〔註81〕參見〔漢〕劉歆撰：《西京雜記》（臺北：藝文印書館，1965 年《百
　　　部叢書集成》據清乾隆中餘姚盧文弨輯刊本影印），卷上，頁 18。

鞠而不落，故名鞠。〔註82〕」即說明了菊花的命名與秋天盛開的關係，
再據《太平御覽》引《風土記》云：

> 日精，落蘺，皆菊華莖之別名。九月律中無射，而數九俗
> 尚九日，而用候時之草也。〔註83〕

由文中所述來看，關於菊花的別名，崔寔有云：「女節、女華，菊華
之名也。治蘺、日精，菊根之名也。〔註84〕」分別指出了菊花依部位
所分實同異名的名稱，又《抱朴子》引「仙方所謂日精更生，周盈皆
一菊，而根莖花實之名異也。〔註85〕」亦說明了菊花擁有眾多的美麗
別名，可以見得菊花在時人心目中獨特的地位。但就民俗文化的意義
上，也許正因爲菊花本身具有藥理性質的作用，如《神農本草經》有
云：「久服利血氣，輕身，耐老延年。〔註86〕」《風俗通義》亦云：「菊
華輕身益氣。〔註87〕」所以，亦產生飲食菊花令人延年益壽的說法，
但這與菊花本身之植物特性有關，根據劉蒙《菊譜》的序有云：

> 且菊有異於物者，凡花皆以春盛而實者以秋成。其根柢枝
> 葉無物不然，而菊獨以秋花悅茂於風霜搖落之時，此其得
> 時者異也；有花葉者，花未必可食，而康風子乃以食菊仙，
> 又本草云：「以九月取花久服，輕身耐老。」此其花異也；
> 花可食者，根葉未必可食，而陸龜蒙云春苗恣肥，得以採
> 擷，供左右杯案，又本草云：「以正月取根。」此其根葉
> 異也；夫以一草之微，自本至末無非可食，有功於人者。

〔註82〕參見〔宋〕陸佃：《埤雅》（臺北：藝文印書館，1967 年），卷 17，
頁 9。

〔註83〕參見〔宋〕李昉等撰：《太平御覽》（北京：中華書局，1960 年），卷
996「百卉部三」，頁 4407。

〔註84〕參見〔明〕李時珍撰：《本草綱目》（臺北市：新文豐，1987 年），「草
部」卷 15，頁 421。

〔註85〕參見〔明〕李時珍撰：《本草綱目》（臺北市：新文豐，1987 年），「草
部」卷 15，頁 421。

〔註86〕參見〔魏〕吳普等述：《神農本草經》（臺北：藝文印書館，1965 年
《百部叢書集成》據清嘉慶孫馮翼輯刊本影印），卷 1，頁 10。

〔註87〕參見〔清〕嚴可均輯校：《全後漢文》卷 37，《全上古三代秦漢三國
六朝文》（北京：中華書局，1958 年），頁 679。

〔註88〕

由此可以見得菊花不僅生長時間、環境異於眾芳,是秋天所成的獨特
植物外,更可發現菊花是整株皆可食用的奇異植物,其對於人的實際
用途很高,故也能想見菊花爲何在延年益壽之外,甚至又有治癒疾病
的相關說法,如應劭《風俗通義》有云:

> 南陽酈縣有甘谷,谷中水甘美,云其山上大有菊華,水從
> 山上流下,得其滋液,谷中三十餘家,不復穿井,仰飲此
> 水。上壽者百二三十,中者百餘歲,七八十者名之爲夭。
> 菊華輕身益氣,令人堅強故也。司空王暢、太尉劉寬、太
> 傅袁隗,爲南陽太守,聞有此事,令酈縣月送水三十斛,
> 用之飲食,諸公多患風眩,皆得瘳。〔註89〕

而宗懍《荊楚歲時記》對此亦有描述,更可作爲南陽菊水源之所以得
名的補充:

> 豫章記云,南陽有菊水,居其側者多壽。劉寬月致三十斛,
> 水源芳菊被崖故以名。〔註90〕

由此記載來看,這種具有神奇療效的菊花水之來源,正是得其南陽山
上的芳菊之滋液而來,但若要再進一步探析「菊」意象於南陽菊水源
這個民俗記載中所隱含的儀式性意義,那麼前節對於《山海經》巫者
「採藥往來」的分析,或許可做爲此處相互闡發的例證說明。

　　依照前節對巫者「採藥往來」的揭示來看,巫者上下升降的聖山,
其「登高」之所除了具有位居「天地之中」的特色外,同時亦提供其
採摘致幻植物的通天體驗。試觀《山海經》中對巫者「登高採藥」的
描述:

> 開明東有巫彭、巫抵、巫陽、巫履、巫凡、巫相,夾窫窳
> 之尸,皆操不死之藥以距之。窫窳者,蛇身人面,貳負臣

〔註88〕參見〔宋〕劉蒙撰:《菊譜》(板橋市:藝文印書館,1966年),頁1。
〔註89〕參見〔清〕嚴可均輯校:《全後漢文》卷37,《全上古三代秦漢三國
　　　　六朝文》(北京:中華書局,1958年),頁679。
〔註90〕參見王毓榮:《荊楚歲時記校注》(臺北:文津,1988年),頁218。

所殺也。〔註91〕（〈海內西經〉）

大荒之中，有山名曰豐沮玉門，日月所入。有靈山，巫咸、
巫即、巫盼、巫彭、巫姑、巫眞、巫禮、巫抵、巫謝、巫
羅十巫，從此升降，百藥爰在。〔註92〕（〈大荒西經〉）

關於《山海經》中六巫與十巫之說法。郭璞於「巫彭、巫抵、巫陽、
巫履、巫凡、巫相」一句下注：「皆神醫也。《世本》曰：『巫彭作
醫。』」至於列十巫（巫咸、巫即、巫盼、巫彭、巫姑、巫眞、巫
禮、巫抵、巫謝、巫羅）之首的巫咸，《太平御覽》也引作：「巫咸，
堯臣也，以鴻術爲帝堯之醫。」郭璞《巫咸山賦序》亦云：「巫咸
以鴻術爲帝堯醫。」雖然巫咸、巫彭因《尚書·君奭》〔註93〕與《楚
辭·離騷》〔註94〕的提及，故有較大的名氣，但不可否認的是，《山
海經》中巫者的資料正揭示出中國古代確有巫醫傳統之實。故由此
反觀〈大荒西經〉「百藥爰在」的所在地，則可以說明巫醫所「登
高」之處，即是具有神聖空間的宇宙柱性質，而〈海內西經〉中「操
不死之藥」的說法，也可以想見到巫醫「採藥」的醫療性用途，其
所採摘之藥或許正從致幻植物的通神作用上，進一步由昇天的迷幻
本質，發展爲不死的神奇想像，此處正如蕭兵先生所言：

在某些原始性宗教儀式或信仰裡，吸食大麻、靈芝、蟾酥、
棕櫚汁或椒漿、桂酒、「樹血」，或其他「仙草」、「神木」
的釀製品，非但可以見鬼通神，而且通過飄飄欲仙的飛升
感和種種幻視幻聽而窺知宇宙的「秘密」，參與宇宙的神變
或異動，達到與日月同壽、與天地融化的境界。所以，具

〔註91〕參見袁珂校注：《山海經校注》（臺北：里仁書局，1982 年），頁 301。
〔註92〕參見袁珂校注：《山海經校注》（臺北：里仁書局，1982 年），頁 396。
〔註93〕按《尚書·君奭》中有一段周公告誡召公的話，其中提及的六大名
　　　臣，包括有太戊時的巫咸，祖乙時的巫賢（相傳爲巫咸子）。李零先
　　　生亦以爲「巫賢」即是「巫彭」之說。參見李零：《中國方術續考》
　　　（北京：中華書局，2006 年），頁 36、37。
〔註94〕《楚辭》中的「彭咸」凡七見，依顧頡剛考證即是巫咸、巫彭的合
　　　稱。參見顧頡剛：〈彭咸〉，《史林雜識》初編（北京：中華書局，1963
　　　年），頁 201～202。

有「宇宙層次」的建木──壽麻，可能使人上御「九霄」，
下游「九泉」；仙聖食用的芝菌讓人遨遊日月，飛翔太空，
乘天地之正，參六氣之變；而伊甸園的生命樹也能使初民
參知天堂人間的秘密。〔註95〕

於是巫醫「登高採藥」所具有的意義，就分別在「登高」與「採摘」
的象徵動作中，有了神話儀式的遺痕。若以此來看待菊水有延齡效果
一事，依照《太平御覽》引盛弘之《荊州記》也有類似的記載：

酈縣北八里有菊水，其源悉芳菊被崖，水甚甘馨。太尉胡
廣久患風羸，汲飲水後，疾遂瘳，年及百歲，非唯天壽，
亦菊所延也。〔註96〕

且再根據前面所舉應劭《風俗通義》、宗懍《荊楚歲時記》對南陽菊
水源的描述，亦可推知南陽山谷即是所謂巫醫「登高」的象徵性場域，
此處或許可以由伊利亞德的說法，來說明產菊源頭的神聖性所在，即
是在於這個南陽山谷這個神聖空間是以「菊」意象超凡入聖的治癒特
質，來做為其「神顯記號」的象徵形態表現〔註97〕，於此，「菊」意
象於民俗文化中所呈現的意義，即在巫醫「登高採藥」的儀式性動作
中投射為具有不死之藥的聖化象徵，以及成為民俗中延年益壽的長生
想望。

參、登高飲「菊」酒與避邪

關於重陽佳節與菊花之間的聯繫關係，其實早在漢魏之際已有
流傳與記載，根據《西京雜記》云：「九月九日，佩茱萸、食蓬餌、
飲菊薴酒，令人長壽。」即說明了漢人認為飲食菊花所釀的酒有助
於延壽之效，但重陽飲菊酒的儀式內涵卻在後來具體的反映為登高

〔註95〕參見葉舒憲、蕭兵、鄭在書：《山海經的文化巡踪》（武漢：湖北人
民出版社，2004年），頁1609。

〔註96〕參見〔宋〕李昉等撰：《太平御覽》（北京：中華書局，1960年），卷
996「百卉部三」，頁4407。

〔註97〕參見伊利亞德著，楊素娥譯，胡國楨校閱：《聖與俗：宗教的本質》
（臺北：桂冠圖書，2000年），頁75～79

的民俗禮儀，根據宗懍《荊楚歲時記》引《臨海記》云：

> 郡北四十步，有湖山，山甚平正，可容數百人坐，民俗極重，
> 每九日菊酒之辰，讌會於此山者，常至三四百人。〔註98〕

這裡描述了重九佳節臨海地區所舉行的登高飲菊酒之俗，同時重陽
當日其他地區亦有登高宴飲的盛況，如《太平御覽》引《襄陽記》
載：

> 望楚山有三名，一名馬鞍山一名災山。宋元嘉中，武陵王
> 駿為刺史，屢登之。鄙其舊名望郢山，因改為望楚山，後
> 遂龍飛，是孝武。所望之處，時人號為鳳嶺，高處有三登，
> 即劉弘、山簡九日宴賞之所也。〔註99〕

可以見得重陽登高活動在六朝時已發展成為全國共享的登高野
宴，且士人於登高宴飲中又有賦詩的娛樂活動，據《太平御覽》引
《姑熟記》云：

> 縣南十里有九井山，即殷仲文九日從桓公九井賦詩，即此
> 山是也。〔註100〕

而這種士人間的登高賦詩之舉，《漢書》亦云：

> 登高能賦，可以為大夫。〔註101〕

此處說明了「賦」這種詩文體制的由來，是由官名為大夫者，登高
感物而作。按周策縱先生以為「大夫」的初義實與巫的工作有關，
故「登高」一事亦可看作是「巫醫登高作歌」，登高而賦即中國巫
之傳統〔註102〕。但值得注意的是，「登高」之所以與「飲酒」發生
聯繫，其「巫醫」與酒之間的關係，或許可以做為一個參証的依據，

〔註98〕參見王毓榮：《荊楚歲時記校注》（臺北：文津，1988年），頁215。
〔註99〕參見〔宋〕李昉等撰：《太平御覽》（北京：中華書局，1960年），卷
32「時序部十七・九月九日」，頁153。
〔註100〕參見〔宋〕李昉等撰：《太平御覽》（北京：中華書局，1960年），
卷32「時序部十七・九月九日」，頁153。
〔註101〕參見〔漢〕班固撰，〔唐〕顏師古注：《漢書》（北京：中華書局，
1962年），卷10，頁1755。
〔註102〕參見周策縱：《古巫醫與「六詩」考——中國浪漫文學探源》（臺北：
聯經，1986年），頁233～240。

見《說文》十四下「酉部」所載：

> 醫：治病工也。从殹從酉。殹，惡姿也。醫之性然，得酒
> 而使，故从酉。王育說。一曰：殹，病聲。酒所以治病也，
> 〈周禮〉有醫酒。古者巫彭初作醫。〔註103〕

玄應《一切經音義》卷六則進一步釋「醫」爲：

> 又作毉，同於其反。《說文》：治病工也。醫之性，得酒而
> 使。故字從酉殹聲。古者巫彭初作醫。殹亦病人聲也。酒
> 所以治病者，藥非酒不散也。殹音於悉反。又作醫，俗用
> 也。〔註104〕

合觀《說文》與《一切經音義》的說法，可知或許因爲中國古代的
巫者兼有醫師的身份，故有「毉」從巫，且「醫」、「毉」二形的說
法，而文王時期的政治制度，即「鄉立巫醫，具百藥，以備疾災，
畜百草，以備百味」，更說明了巫的工作之一正是以草藥進行救助
的醫療行爲。再者，巫醫亦「得酒而使」，就是以飲酒的方式進行與
神明的交通，再配合歌舞的催眠性舉動，使自己於興奮生效之際，
達到治病的功效；同時因「酒所以治病」之故，巫醫也用酒來治病，
以達到「藥非酒不散」之效，此處按周策縱先生的考察，巫醫是用
山上所採之草藥，以製成「醫酒」——古代液體的藥物〔註105〕，於
是可以想見「醫」字從酉，在甲骨文當中酉、酒又相通，故也代表
了巫醫使用藥酒治療的相關涵義。

　　當溯源至中國巫醫傳統來還原其遺痕後，由此，反觀重陽飲菊
酒的儀式性象徵，即可推知其背後隱含著巫醫登高採藥以制酒治病
的深層意涵，因此，當再重新考察重陽登高飲菊酒的民俗時，即可
以發現巫醫登高一事，除了反映士人登高賦詩的娛樂之外，其實更

〔註103〕 參見〔東漢〕許愼撰，〔清〕段玉裁注：《說文解字注》（臺北：漢
　　　　 京文化，1980 年），卷 28，頁 757。
〔註104〕 參見〔唐〕沙門釋元應撰：《一切經音義》（臺北：新文豐，1980 年），
　　　　 卷 6，頁 197
〔註105〕 參見周策縱：《古巫醫與「六詩」考——中國浪漫文學探源》（臺北：
　　　　 聯經，1986 年），頁 105～116。

有深一層的避邪意義,據《續齊諧記》有載:

> 汝南桓景隨費長房遊學累年,長房謂曰:「九月九日汝家中
> 當有災,宜急去,令家人各作絳囊盛茱萸以繫臂,登高飲
> 菊花酒,此禍可除。」景如言,齊家登山。夕還,見雞犬
> 牛羊一時暴死。長房聞之曰:「此可代也。」今世人九日登
> 高飲酒、婦人帶茱萸囊,蓋始於此。〔註106〕

這則故事具體說明了重陽節祓禊的內容包括登高、飲菊酒與佩帶茱
萸;根據《後漢書‧費長房傳》的記載,可知費長房原是東漢方士
之流〔註107〕,若按照李零先生對中國方術的考察,則認爲中國巫術
的兩大分支(祝詛、占卜)分別發展爲後世的禮儀和方術〔註108〕,
故文中費長房對汝南桓景所指示的登山避邪之舉,可推知應與巫醫
登高的象徵意義有所聯繫,故由巫醫制酒治病的醫療內涵來看,或
許正可理解到重陽佳節登高飲酒以怯災厄的說法,而「菊」意象於
重陽飲菊酒中所代表的相關意義,若引伊利亞德的觀點來探析,可
以說在重陽這個節慶時間裡,「菊」意象成爲當日民俗禮儀的媒介要
物,按《西京雜記》所云:「菊萼舒時,並採莖葉雜秫米釀之,至來
年九月九日始熟就飲焉,故謂之菊萼酒。」於是重陽佳節的「採菊
制酒」便成爲一種每年定期歸返神聖時間的儀式動作,以重複神話
中巫醫採藥制酒的療癒意涵〔註109〕,所以,「菊」意象就在此巫俗
脈絡中與「酒」相結合,並由此產生重陽登高飲菊花酒的免災治療
之深層心理機制。

〔註106〕 參見〔梁〕吳均撰:《續齊諧記》(臺北:藝文印書館,1967年《百
部叢書集成》據明吳琯校刊逸史本影印),頁5。

〔註107〕 參見〔南朝宋〕范曄撰,〔唐〕李賢等注:《方術列傳》第72,《後
漢書》(北京:中華書局,1965年),頁2743~2745。

〔註108〕 參見李零:〈絕地天通——研究中國早期宗教的三個視角〉,《中國
方術續考》(北京:中華書局,2006年),頁362~367。

〔註109〕 參見伊利亞德著,楊素娥譯,胡國楨校閱:《聖與俗:宗教的本質》
(臺北:桂冠圖書,2000年),頁126~131。

第三章　屈賦中的「菊」與
　　　　漢魏晉辭賦的發展

　　若考察漢魏晉詩賦中的「菊」書寫，究其流變的源頭，應可上溯至屈原「蘭」、「菊」並列等同的主張，此即屈賦中所建立佩「蘭」〔註1〕與服「菊」的文學書寫方式。若根據張淑香先生在〈抒情自我的原型——屈原與「離騷」〉〔註2〕一文中，就中國抒情傳統的脈絡底下來探討屈原做為抒情的自我原型；若進一步探求陳世驤以及

〔註1〕屈賦中的「蘭」，究竟意指為菊科的「蘭草」？還是蘭科的「蘭花」？此一問題古今學者意見眾多，未成定論。可是本文以為不論是「蘭草」抑或是「蘭花」之說，兩者在屈賦中皆具代表意義，且成為後世祖述的君子象徵，雖唯恐後世文人詠「蘭」而迷其實，但本文主要探討的是「蘭」書寫其背後文化意涵的承傳，故「蘭草」、「蘭花」非本文主要的論述，於此暫且不論。關於現代學者對屈賦中「蘭草」、「蘭花」之辨析，可參見姜亮夫：《楚辭通故》，《姜亮夫全集》第三輯（昆明：雲南人民出版社，2002年），頁384～401。張崇琛：〈楚辭之「蘭」辨析——楚辭植物文化研究之一〉，《楚辭文化探微》（北京：新華出版社，1993年），頁181～192。周建忠：〈猗猗九畹易消歇，奕奕百畝多淹留——蘭花栽種歷史考述兼釋《楚辭》之「蘭」〉，《楚辭考論》（北京：商務印書館，2003年），頁78～97。
〔註2〕參見張淑香：〈抒情自我的原型——屈原與「離騷」〉，《臺靜農先生百歲冥誕學術研討會論文集》（臺北：臺灣大學中文系，2001年），頁47～74。

高友工所建構的抒情傳統框架,其抒情特質的著重點在於情感經驗的保存以及傳遞（註 3）;故由此反觀屈原〈離騷〉中極具抒情特質的部份,可以說正是成為後代文學創作者仿效屈原事蹟以及其作品的重要精神向度（註 4）,當後代的文學創作者受到屈原精神上的感召,並在接收屈原創作情志、經驗的當下,將自己的經驗情志與屈原作連結、疊合,進而闡發出屬於自己的抒情作品時,其中對「香草意象」的援用也可察覺其顯著的抒情痕跡:屈原在文學作品中所呈現出的「香草美人」的文學傳統（註 5）,在後世文人的創作中不斷地再現,特別是對屈賦「蘭」、「菊」意象並舉的承繼與轉化,就中國抒情傳統的脈絡來看,這樣的創作行為,背後蘊含著屈原情感意念的轉移與演變;除此之外,屈原建立的「蘭」、「菊」意象其所隱含人與植物的比附關係,更代表著神話原型、巫俗意涵對後世文人創作心裡層面的影響。

　　本文以為漢魏晉文人對屈原所書寫「蘭」、「菊」意象的遙承譜系,其背後所隱含的巫俗意涵與抒情特質實有待進一步詮釋的可能,加以文學的發展由先秦到六朝,呈現的是從政治的籠罩到文人的自覺之路,詩文的新變意涵反映的是文人創作的思維方式與情感經驗的再現過程,為了探求文人於「菊」的創作中所賦予情志寄託,故希冀能從文人創作的思維角度入手,從而由文本細讀中勾勒出文

〔註 3〕　關於「抒情自我」與「抒情傳統」的相關討論,可參見陳世驤:〈中國抒情傳統〉,《陳世驤文存》（臺北:志文出版社,1975 年）。高友工:〈文學研究的美學問題（下）:經驗材料的意義與解釋〉,《中國美典與文學研究論集》（臺北:臺大出版中心,2004 年）,頁 44～103。高友工:〈中國文化史中的抒情傳統〉,《中國美典與文學研究論集》（臺北:臺大出版中心,2004 年）,頁 104～164。另外,張淑香:《抒情傳統的省思與探索》（臺北:臺灣學生,1992 年）。

〔註 4〕　參見顏崑陽:〈漢代「楚辭學」在中國文學批評史上的意義〉,《中國詩學會議論文集第二輯》（彰化:彰化師大,1994）,頁 208。吳旻旻:《漢代楚辭學研究——知識主體的心靈鏡像》（嘉義:國立中正大學中文系碩士論文,1997 年）。

〔註 5〕　參見吳旻旻:《香草美人文學傳統》（臺北:里仁書局,2006 年）。

人當時創作情懷與文化意涵，進而對漢魏晉詩賦所承繼楚騷中「蘭」、「菊」意象的多重文化意涵做進一步的建構與探析。

第一節　香草儀式——屈賦中的佩「蘭」與服「菊」

壹、巫系文化與香草美人

　　《楚辭》因浪漫瑰麗的「香草意象」而受人矚目，濃厚的巫祭儀式與神話素材應是滋養其作品的主要原因之一，若根據〔日〕藤野岩友先生在《巫系文學論》一書中，所建立的上古巫系文學的宗教起源之說法，《楚辭》是出自此巫系統的文學，同時亦是屈原的自覺之作，其中的〈離騷〉則是由宗教儀式的古祝辭，經由屈原之手轉化爲文學藝術的「自序文學」〔註6〕，故詩篇中所透露神話的詮釋系統與巫俗文化的操作模式，也在屈原對「香草意象」的使用之中透露出人與植物間的投射關係，但其中值得注意的是，就屈賦中居眾芳之首的特殊位置來看，視「蘭」爲屈賦文學中的重要象徵，當屬肯切之言〔註7〕，於是藉由探討屈賦中的「蘭」書寫，則更可瞭解爲何「蘭」之所以成爲屈原展現精神向度的重要原因。試觀「蘭」在〈離騷〉中出現的段落：

> 帝高陽之苗裔兮，朕皇考曰伯庸。攝提貞於孟陬兮，惟庚寅吾以降。皇覽揆余於初度兮，肇錫余以嘉名。名余曰正則兮，字余曰靈均。紛吾既有此內美兮，又重之以修能。扈江離與辟芷兮，紉秋蘭以爲佩。汩余若將不及兮，恐年

〔註6〕　參見〔日〕藤野岩友著，韓基國譯：〈《楚辭》解說〉，《巫系文學論》（重慶：重慶出版社，2005年），頁496。

〔註7〕　關於屈賦中「蘭」的文化蘊涵研究，可參見魯瑞菁《諷諫抒情與神話儀式：楚辭文心論》（臺北市：里仁書局，2002年），頁286～294。張崇琛：〈楚騷詠「蘭」之文化意蘊探微——楚辭植物文化研究之二〉，《楚辭文化探微》（北京：新華出版社，1993年），頁193～202。周建忠：〈「蘭」意象原型發微——兼釋《楚辭》用「蘭」意象〉，《楚辭考論》（北京：商務印書館，2003年），頁64～77。

歲之不吾與。朝搴阰之木蘭兮，夕攬洲之宿莽。日月忽其
不淹兮，春與秋其代序。惟草木之零落兮，恐美人之遲暮。
〔註8〕（〈離騷〉）

〈離騷〉開頭前八句，屈原追溯自己的始祖、先父與降生的不凡時
刻，同時在對名字溯源時，亦說道父親對其氣性之觀察以賦予嘉名
的說法，隨後又說「紛吾既有此內美兮」一句，這些段落皆意味著
自己的出生是稟天地之氣而含的內美，雖然屈原有天賦的內美之
質，但他卻又「重之以修能」，文中指出屈原在面對「時」與「知」
的焦慮時〔註9〕，修持自我的「好修」成爲他面對自然時間與社會
處境的化解手段，於是始有不間斷地採擷香草（江離、辟芷、木蘭、
宿莽）與佩「蘭」之舉，故「蘭」應當也同其他香草皆與道德人格
的象徵有關，可以說屈原在〈離騷〉中的「蘭」意象，除了「茲蘭
之九畹兮」的種植、「步余馬於蘭皋」的接觸，「蘭」更化身爲人格
道德的堅持與比附，正因爲「蘭」出現的段落恰與屈原的生命情懷
相關，所以，「蘭」的地位儼然超越其他香草，「紉秋蘭以爲佩」遂
成爲代表屈原君子形象的重要分身；另外，屈賦中的「蘭」書寫也
有「結幽蘭而延佇」這樣與求女有關的表現方式：

紛總總其離合兮，斑陸離其上下。吾令帝閽開關兮，倚閶
闔而望予。時曖曖其將罷兮，結幽蘭而延佇。〔註10〕（〈離
騷〉）

溘吾遊此春宮兮，折瓊枝以繼佩。及榮華之未落兮，相下
女之可詒。吾令豐隆乘雲兮，求宓妃之所在。解佩纕以結
言兮，吾令蹇脩以爲理。〔註11〕（〈離騷〉）

文中可見得屈原在首征求帝不成之後，屈原隨即「結幽蘭而延佇」，

〔註8〕參見〔宋〕洪興祖：《楚辭補注》（臺北：大安出版社，1988年），頁6～8。

〔註9〕參見張淑香：〈抒情自我的原型——屈原與離騷〉，《臺靜農先生百歲冥誕學術研討會論文集》（臺北：國立臺灣大學中國文學系，2001年），頁47～74。

〔註10〕參見〔宋〕洪興祖：《楚辭補注》（臺北：大安出版社，1988年），頁41。

〔註11〕參見〔宋〕洪興祖：《楚辭補注》（臺北：大安出版社，1988年），頁43。

以締結蘭草的決心表示再征「求女」的信念，再觀〈離騷〉中的「求
女」過程，亦出現以「香草意象」做爲贈物的方式，而此種結花贈草
之俗，根據聞一多先生的說法，正是楚地民間流行的風俗，其云：

> 蓋楚俗男女相慕，欲致其意，則解所佩知芳草，束結爲記，
> 以貽其人，結佩以寄意，蓋上世結繩以記事之遺。〔註12〕

可以說「花結習俗」、「贈花儀式」與上古的時代的結繩記事相關，同
樣都是一種表情達意的文化符號。但若要進一步探求屈賦中具有象徵
意義的「蘭」於「香草意象」中所獨具的「求女」意涵，或許李時珍
在《本草綱目》對「蘭」的辨析，可提供一個參考的說明：

> 蘭草、澤蘭，一類二種也。俱生水旁下濕處。二月生苗成
> 叢，紫莖素枝，赤節綠葉；葉對節生，有細齒。但以莖圓
> 節長，而葉光有歧者爲，蘭草。莖微方，節短而葉有毛者，
> 爲澤蘭。……《禮記》「佩帨蘭芷」，《楚辭》「紉秋蘭以爲
> 佩」，《西京雜記》載漢時池苑種蘭以降神；或雜粉藏衣、
> 書中辟蠹者；皆此二蘭也。今吳人蒔之；呼爲「香草」；夏
> 月刈取，以酒油灑制，纏做靶子，貨爲頭澤配戴。〔註13〕

由此可知，應該是因爲澤蘭類的葉子有香味的緣故，不僅可在宗教儀
式中使用「蘭」做爲媒介，同時亦可藏在衣服中去除臭味，於此，再
對照於〈九歌〉中的「蘭」則多與神靈相關，如〈東皇太一〉：「蕙肴
蒸兮蘭藉」的饗神用物、〈少司命〉：「秋蘭兮青青」的祭祀擺設、〈湘
君〉：「桂櫂兮蘭枻」的乘舟之物等，其中較特別的莫過於〈雲中君〉：
「浴蘭湯兮沐芳」中的芬芳儀式，《周禮・春官・女巫》云：「女巫掌
歲時祓除釁浴。」鄭玄注：「歲時祓除，如今三月上巳，如水上之類。
釁浴，謂以香薰草藥沐浴。〔註14〕」由女巫所職掌來看，可見以蘭草

〔註12〕 參見聞一多：〈離騷訓詁〉，《聞一多全集》（湖北：湖北人民出版社，
　　　　 1994年），卷5〈離騷〉，頁268。
〔註13〕 參見〔明〕李時珍撰：《本草綱目》（臺北市：新文豐，1987年），「草
　　　　 部」卷14，頁369～370。
〔註14〕 參見〔漢〕鄭玄注，〔唐〕賈公彥疏，〔清〕阮元審定：《十三經注疏》
　　　　 （臺北：藝文印書館，1989年），《周禮注疏》卷26，頁400。

沐浴身體的風尚具重要的祭祀性,按照魯瑞菁先生的說法此應與雲神下降前的齋戒有關,〔註15〕正因爲「蘭」的氣味濃郁,於是成爲女巫在儀式中降神的重要物件,「蘭」遂由植物本性轉化爲與神靈溝通及辟除不祥的宗教聖物,故屈原文中締結蘭草與「求女」間的比附乃是由降神儀式中「蘭」的功用轉化而來,因此,可知在屈賦中其「蘭」所具有的象徵意義,應是在具體的祀典中起著重要的效用,而身爲神聖用物之「蘭」,遂在君子比德的意義外,獨具有其民俗儀式之意涵了。

貳、比德好脩與幽「蘭」芳「菊」

　　若要探析屈賦中的「菊」意象,若由〈九歌‧禮魂〉:「春蘭兮秋菊,長無絕兮終古」一語的提出,則可以發現到屈原明顯地把「菊」的地位等同於「蘭」,雖然屈賦中提到「菊」的次數只有三處〔註16〕,但這樣的現象反而增加了「菊」在屈賦中的份量,尤其是屈原的服「菊」之舉,更增添其獨特性:

　　　　忽馳騖以追逐兮,非余心之所急。老冉冉其將至兮,恐脩
　　　　名之不立。朝飲木蘭之墜露兮,夕餐秋菊之落英。苟余情
　　　　其信姱以練要兮,長顑頷亦何傷?〔註17〕

自從〈離騷〉中「夕餐秋菊之落英」一語出現以來,即點明屈原生命本質所隱含的時間焦慮之問題,李豐楙先生則進一步從巫俗習慣考察屈賦中服食／服飾的來源與《山海經‧中山經》中「服」字例的用法有關〔註18〕,於是可推知屈原應是在深闇巫俗文化的前提

〔註15〕參見魯瑞菁:《諷諫抒情與神話儀式:楚辭文心論》(臺北市:里仁書局,2002年),頁293。

〔註16〕除了文中提到的〈離騷〉與〈九歌〉外,第三處見〈九章‧惜誦〉。參見〔宋〕洪興祖:《楚辭補注》(臺北:大安出版社,1988年),頁182。

〔註17〕參見〔宋〕洪興祖:《楚辭補注》(臺北:大安出版社,1988年),頁16～17。

〔註18〕參見李豐楙:〈服飾、服食與巫俗傳統──從巫俗觀點對楚辭的考察之一〉,《古典文學(第三集)》(臺北:臺灣學生,1981年),頁71

下，相信著《山海經》中所述巫醫不分的治療傳統，以及具有醫療
性質的奇異植物，因此，即使屈賦中充滿著遭遇時間壓迫、生存困
頓的焦慮情境，但服食／服飾的書寫卻伴隨屈原或體驗、或模擬巫
師的神遊經驗，進而成為自抒己懷的化解方式，只是屈賦中的其他
「香草意象」大多用來做為服飾之用，唯一做為服食的書寫對象卻
只有「菊」，相較於「朝飲木蘭之墜露兮」中的木蘭，卻只是食其墜
露而已，可見服「菊」對屈原的重要意義，除了由前後文可推知服
「菊」和屈原迫於「時」與「知」的雙重焦慮有關外〔註 19〕，李豐
楙先生則認為此舉乃是「巫術性的內在服食法」〔註 20〕，若由文中
所述屈原在傷老而悲志時，雖有服「菊」之舉，但由文中「顑頷」
所述其飯不飽的枯槁之態，其實也不免令人聯想，屈原對自身好修
的象徵，即是他對服食的堅持，這同時也是造成文中對枯槁姿態描
寫的原因，若考察「菊」的物理性功能，如《神農本草經》云：「久
服利血氣，輕身，耐老延年。〔註 21〕」《風俗通義》亦云：「菊華輕
身益氣。〔註 22〕」可以發現「菊」本身即具有特殊的性能，尤其在
輕身、益氣這方面，以此相對照於當時（戰國時期）服食求仙的思
想，則有藉由服食造成輕身疾行，以達成飛行成仙的說法，故「菊」
本身益氣的屬性，卻有可能在服食後成為變化人體的重要因素，於

〔註 19〕 許又方先生曾以時間焦慮的論點探析屈原「食菊」與「輔體延年」
養生觀間的關係。參見許又方：《時間的影迹——〈離騷〉晬論》（臺
北市：秀威資訊科技，2003 年），頁 123～145。

〔註 20〕 李豐楙：「藉由象徵律而傳達他所吸納的天地清氣、淑氣，是為求身
心內在如一的潔淨，因而採用節食式的飲食法，希冀在經歷身心的
嚴格試煉之後，改變身體成為仙質而以之求仙。」參見李豐楙：〈服
飾與禮儀：離騷的服飾中心說〉，《中國文哲研究集刊》第十四期（1999
年 3 月），頁 22。

〔註 21〕 參見〔魏〕吳普等述：《神農本草經》（臺北：藝文印書館，1965 年
《百部叢書集成》據清嘉慶孫馮翼輯刊本影印），卷 1，頁 10。

〔註 22〕 參見〔清〕嚴可均輯校：《全後漢文》卷 37，《全上古三代秦漢三國
六朝文》（北京：中華書局，1958 年），頁 679。

是屈原所書寫的服「菊」象徵，所代表的意義也可能在屈原於巫術思維的投射中，藉由服「菊」輕身的效用意義，進而產生與巫者攀登生命樹以昇天的服食想像，故服「菊」書寫便成爲其身心交融過程中的書寫產物。

依前文所述及，由於佩「蘭」與服「菊」的書寫，皆是屈原在「時」與「知」所引發的生存困境中完成，故成爲屈賦中各具象徵意義的符碼，又〈禮魂〉中亦把「春蘭兮秋菊」與「長無絕兮終古」兩概念聯繫在一起，其中的意義頗值得玩味，依照王逸的說法〔註23〕此場景正是女巫們在春、秋祭儀中傳遞香草的儀式，並以蘭、菊具傳承不絕的芳潔之性來侍奉神靈，於是可以想見「蘭」、「菊」在香草儀式中所扮演的角色是何等的重要，但舉行此香草儀式的意義究竟何在呢？若根據蕭兵先生的看法，此香草儀式實爲一種舉行在春秋二季的高禖祭祀，由模擬植物生命節律「死亡──再生」的巫術儀式，進而可以在交感互滲中達成豐收與生產的效果，故農事、戀愛與宗教都一併出現在此慶典當中，於是「長無絕兮終古」就代表著「後嗣如花草般茂盛」的祝願了〔註24〕。可以說屈賦中的「蘭」、「菊」書寫，實有香草儀式的巫俗性意義，它們不單單只是文學的象徵筆法用於君子比德，同時還包含了豐富的民俗意涵。且觀漢魏晉詩中的「蘭」、「菊」書寫也有同時並舉的現象，如漢武帝劉徹〈秋風辭〉：

> 蘭有秀兮菊有芳，懷佳人兮不能忘。〔註25〕

亦有將兩者並舉的記載，而晉詩中亦有以「蘭」、「菊」書寫並置，做爲芳潔象徵的比德之意，如：

> 秋菊兼餚糧，幽蘭間重襟。〔註26〕（左思〈招隱詩〉）

〔註23〕 王逸注：「言春祠以蘭，秋祠以菊，爲芬芳長相繼承，無絕於終古之道也。」參見〔宋〕洪興祖：《楚辭補注》（臺北：大安出版社，1988年），頁121。

〔註24〕 參見蕭兵：《楚辭的文化破譯》（武漢：湖北人民出版社，1991年），頁293～318。

〔註25〕 參見逯欽立輯校：《漢詩》卷1，《先秦漢魏晉南北朝詩》（北京：中華書局，1983年），頁94。

> 飛雨灑朝蘭，輕露棲叢菊。……川上之歎逝，前修以自勗。
>
> 〔註27〕（張協〈雜詩十首〉）

甚至在晉代以後的墓誌銘中，亦出現「春蘭秋菊」的書寫模式，可以說當「蘭」成為屈原的精神象徵之寄託後，後代士人莫不祖述其不遇情懷的書寫方式，進而產生了「香草美人創作手法」的文學傳統〔註28〕，而「菊」的書寫也在此脈絡下應運而生自然有其高潔的象徵。但需注意的是，由於晉代始有大量吟詠「菊」的辭賦，而關於魏晉辭賦中「菊」書寫的出現，溯其原因雖可能為魏晉時期的詠物賦風潮〔註29〕，或在當時文人間的同題共作所產生〔註30〕，但魏晉菊賦於此時期的出現，應有其背後的文化現象與象徵意義，試觀晉代辭賦中對「菊」的頌讚顯然超過「蘭」：

> 先民有作，詠茲秋菊。綠葉黃花，菲菲或或。芳踰蘭蕙，茂過松柏，其莖可玩，其葩可服。味之不已，松喬等福。
>
> 〔註31〕（成公綏〈菊頌〉）
>
> 馨達幽遠，光燭隈原。招仙致靈，儀鳳舞鸞。飛莖散英，倚靡相尋。垂采煒于芙蓉，流芳越乎蘭林。〔註32〕（潘岳〈秋菊賦〉）

原本漢魏晉詩中的「菊」書寫是在吸收楚騷中詠「蘭」的情志書寫，

〔註26〕 參見逯欽立輯校：《晉詩》卷7，《先秦漢魏晉南北朝詩》（北京：中華書局，1983年），頁734。

〔註27〕 參見逯欽立輯校：《晉詩》卷7，《先秦漢魏晉南北朝詩》（北京：中華書局，1983年），頁745。

〔註28〕 參見吳旻旻：《香草美人文學傳統》（臺北：里仁書局，2006年）。

〔註29〕 廖國棟：「漢代吟詠植物之賦凡九篇，居詠物賦之第三位。降至魏晉，此類賦篇蓬勃發展，篇數高達一一四篇，成為詠物賦之主流。」可參見廖國棟：《魏晉詠物賦研究》（臺北：文史哲，1990年），頁157。

〔註30〕 參見鄭良樹：〈出題奉作——曹魏集團的賦作活動〉，《辭賦論集》（臺北：學生書局，1998年），頁173。廖國棟：《建安辭賦之傳承與拓新：以題材及主題為範圍》（臺北：文津，2000年），頁286。

〔註31〕 參見〔清〕嚴可均輯校：《全晉文》卷59，《全上古三代秦漢三國六朝文》（北京：中華書局，1958年），頁1798。

〔註32〕 參見〔清〕嚴可均輯校：《全晉文》卷91，《全上古三代秦漢三國六朝文》（北京：中華書局，1958年），頁1988。

但由晉代辭賦中出現對「蘭」、「菊」的描寫,可發現當時頌「菊」風潮勝過文學傳統中以詠「蘭」爲主的模式,且賦的體製也由漢代以來「體國經野」的大賦轉至魏晉的抒情小賦,其中不只反映了「蘭」、「菊」兩者「消長」的文學現象,同時在祖述屈賦脈絡下由詠「蘭」發展至頌「菊」的書寫,也呈現了「蘭」、「菊」書寫背後詩賦合流的內在理路〔註33〕,這除了與士人精神向度的轉移有關外,士人於其中所賦予的象徵意義應有其民俗與文化蘊涵的原因,於是藉由探討「蘭」、「菊」書寫所隱含儀式需求與作者遇合的關係,應能對存在於文壇中詩賦合流的文學發展有另一側面的瞭解。

第二節　生的呼喚——不遇情結與漢魏辭賦中的詠「蘭」

壹、儀式回歸:〈招魂〉、〈大招〉與招魂回朝

　　觀察屈賦中的「蘭」與香草儀式的關聯時,〈招魂〉所描寫的「蘭」頗具代表性,雖然關於招魂的對象至今未有定論〔註34〕,但由巫陽呼喚位居正中的故居所在,以及相對於天地四方的恐怖,本文認爲〈招魂〉應爲屈原自招之作。依照胡萬川先生對於〈招魂〉的說法:「這種以我族所在爲中央,並與上下周遭形成對比,一者

〔註33〕關於文學史上詩賦的消長,林庚曾言:「詩賦的消長,在這裡正是反映著詩化的曲折歷程,在以賦盛行的漢代,四百年間,乃竟無詩人,這難道不值得我們的爲之深思嗎?這詩賦的消長可以說是中國詩歌史上一個長期的現象。到了建安時代,終於出現了全新的轉折,詩開始躍居於文壇的主流,隨這一趨勢,賦也開始走向詩化。此後又歷經六朝四百年間的曲折發展,才終於完成了這一過程。」可參見林庚:《中國文學簡史》(臺北:五南圖書,2002年)。

〔註34〕關於〈招魂〉所招對象的問題,眾說紛紜。林雲銘《楚辭燈》據黃文煥《楚辭聽直》的說法認爲是屈原自招之作,本文贊同此說。至於相關研究可參見游國恩:《楚辭概論》(上海,商務印書局,1934年)。熊任望:〈論〈招魂〉爲屈原自招〉、〈再論〈招魂〉爲屈原自招〉,《楚辭綜論》(保定:河北大學出版社,2000年),頁187~251。

為美好可樂，一者為醜陋可佈的世界觀，正是從另一方面呈現了古來『中土』『中國』這一概念所代表的世界觀。〔註35〕於是在〈招魂〉的空間世界裏，相對正中而言，形成了六合（上、下與四方）的概念，而位於正中的故居『中土』，就有其特別的存在意義了，若以作者屈原的角度觀之，故居的溫暖與聲色犬馬的享受自然就可想而知。由此也可發現到〈招魂〉中對「蘭」的描寫，是在以故居為對象進行招魂時才出現：文中以由遠至近的視角描寫故居的種種生活享樂，首先，在故居的殿堂中，充滿著叢叢的蘭草（「氾崇蘭些」），室中的陳設除「蘭膏明燭」，也有美女侍奉在旁（「蘭膏明燭，華容備些」），當巫陽的呼喚再一次響起之前，同時亦有「蘭」栽植在門邊（「蘭薄戶樹」）；其後當文末又出現「蘭膏明燭」之時，結撰文章的深摯之情亦如「蘭」之芬芳發散益至（「蘭膏明燭，華鐙錯些。結撰至思，蘭芳假些」）；文章最後的亂辭「皋蘭被徑兮，斯路漸。湛湛江水兮，上有楓。目極千里兮，傷春心。魂兮歸來，哀江南」亦點出了屈原在經由「離——返」的歷程時〔註36〕，澤畔的蘭草伴隨著屈原，一路通向自己的回歸之路。歸結以上〈招魂〉的「蘭」所代表的意義，可以發現招魂的目的地——楚國故都，正是屈原歸返自身的家屋所在，於是在藉由巫陽一次次的叫喚中，「蘭」顯然地成為屈原在招魂儀式中所不可或缺之物，又〈大招〉中的「茝蘭桂樹，鬱彌路只」同樣也顯示出「蘭」與回歸路徑的關係，故可推知「蘭」應該是屈原在仕途不遇之時，所欲書寫來完成自己生命真意的重要物件，因此，「蘭」本身應該在屈原書寫的情境背後有其民俗文化的養料，如此才能在書寫時進而發輝香草儀式的作用力。

〔註35〕參見胡萬川：〈楚辭〈招魂〉與「中國」樂土〉，《真實與想像：神話傳說探微》（新竹：清大出版社，2004 年），頁 115。
〔註36〕參見楊牧：〈衣飾與追求〉，《傳統的與現代的》（臺北：洪範書局，1979 年），頁 102～104。

關於「蘭」在招魂中的儀式意義,可以由《詩經・鄭風・溱洧》中「方秉蕑兮」之「蕑」談起,依《新增月日紀古》載《韓詩內傳》對此俗的說法:「鄭國之俗,三月上巳之辰于溱洧兩水之上,執蘭招魂,續魂拂除不祥,故詩人願與所說者俱往也。〔註37〕」說明了鄭國人民於上巳節時,在溱、洧二河邊,採蘭以祓除邪氣、祛除不祥,同時完成招魂續魄的儀式。按照葛蘭言對《詩經》的民俗研究,認為在此季節性的儀式中,由於「蘭」的芳香之氣能招徠神性,於是成為香草儀式中的招魂要物,同時男子也將採蘭贈物做為愛情信物的象徵,其中當然也伴有祈願生育力的可能〔註38〕。由此可發現,「蘭」似乎與上古節慶中的招魂儀式、愛情象徵有著密不可分的關係,於是反觀〈招魂〉之作,當然也就更能明瞭屈原書寫「蘭」的內在動機:其一,在遭遇士不遇的困頓時,以「蘭」招魂幫助自己重生;其二,以求女的愛情代表政治舞台的角色雙方,於是在首次遠征失敗時,以「結幽蘭而延佇」的行動開啟之後的求女想像。由於以上兩點,遂開啟漢魏晉辭賦對屈賦的承繼關係。

首先,由於漢代知識份子在個體價值與政體的社會價值中產生牴觸,於是屈賦中「時」與「知」的焦慮問題,轉而成為漢代知識分子的集體共鳴,依顏崑陽先生對漢代楚辭學「士不遇」問題的關注,對此種「『互為主體』而訴諸『通感』的創造性詮釋」,稱之為「情志批評」〔註39〕,故可知漢代擬騷常以哀時命為其文學主題,藉祖述屈原的方式來寄託自身的「不遇」,而此種不遇情懷的承繼勢必也應在遙承屈原的形象時,同時接收了身為屈原另一分我的「蘭」

〔註37〕參見〔清〕蕭智漢撰:《新增月日紀古》(臺北:藝文印書館,1970年《百部叢書集成》據清道光十四年星潭蕭氏聽濤山房刊本影印),卷3中,頁22。

〔註38〕參見〔法〕葛蘭言(Marcel Granet)著,趙丙祥、張宏明譯:《古代中國的節慶與歌謠》(桂林:廣西師範大學出版社,2005年),136～169。

〔註39〕參見顏崑陽:〈漢代「楚辭學」在中國文學批評史上的意義〉,《中國詩學會議論文集第二輯》(彰化:彰化師大,1994),頁208。

意涵，因此，在觀看漢代擬騷對「蘭」的描寫時，可發現其仍延續屈原的不遇情志，來呈現士人的心靈圖景，如東方朔〈七諫・沈江〉：「明法令而修理兮，蘭芷幽而有芳」以蘭的香氣性質，喻賢才不患人之不知己。劉向〈九歎・逢紛〉：「懷蘭蕙與衡芷兮，行中野而散之」、〈九歎・惜賢〉：「遊蘭皋與蕙林兮，睨玉石之嵾嵯」、〈九歎・遠遊〉：「懷蘭茝之芬芳兮，妬被離而折之」皆表現出懷抱蘭草之情，可是走到野外香氣卻散失，究其原因主要與「不遇」有關。王褒〈九懷・尊嘉〉：「余悲兮蘭生，委積兮從橫」、〈九懷・蓄英〉：「將息兮蘭皋，失志兮悠悠」則以蘭的隕落喻人事。根據以上的擬騷作品，遂可發現其作者雖欲承屈原之志，卻在祖述屈原形象的過程中，將「蘭」做為不遇困結時的表達要物，雖可說這是為了模擬屈賦進而為文造情的手段，於是自然將「蘭」的書寫納入擬騷之列，但進一步來說，漢代知識分子對「蘭」形成的集體追索，也儼然成為屈原〈招魂〉產物下，集體共鳴的儀式性求索，可以說屈原欲藉「蘭」書寫所隱含的淨化儀式招自己的魂，漢代擬騷作者則在擬屈原建立的「蘭」書寫時，形成蔚為大觀的集體歸魂。

貳、澤蘭美女：士不遇傳統與含「蘭」吐芳書寫

　　其次，在漢代擬騷開啓士不遇的傳統時，文壇中也同時形成寄寓不遇情結的神女論述主題，其主要遙承自屈原求女的愛情程式，進而展演為神女慾望文本的描述，宋玉〈神女賦〉正可以為此一代表，試觀其對神女的描述：

> 上古既無，世所未見。瓌姿瑋態，不可勝贊。其始來也，耀乎若白日初出照屋梁；其少進也，皎若月月舒其光。須臾之間，美貌橫生，曄兮如華，溫乎如瑩。五色竝馳，不可殫形。詳而視之，奪人目精。其盛飾也，則羅紈綺績盛文章，極服妙采照萬方。振繡衣，被袿裳。穠不短，纖不長，步裔裔兮曜殿堂。忽兮改容，婉若遊龍乘雲翔。嫮被服，侻薄裝，沐蘭澤，含若芳，性和適，宜侍旁，順序卑，

調心腸。〔註40〕

夫何神女之姣麗兮，含陰陽之渥飾。被華藻之可好兮，若翡翠之奮翼。其象無雙，其美無極。毛嬙鄣袂，不足程式；西施掩面，比之無色。近之既妖，遠之有望。骨法多奇，應君之相。視之盈目，孰者克尚！私心獨悦，樂之無量。交希恩疏，不可盡暢。他人莫覩，王覽其狀。……褰余襜而請御兮，願盡心之惓惓。懷貞亮之潔清兮，卒與我兮相難。陳嘉辭而云對兮，吐芬芳其若蘭。精交接以來往兮，心凱康以樂歡。神獨亨而未結兮，魂榮榮以無端。含然諾其不分兮，喟揚音而哀歎。顧薄怒以自持兮，曾不可乎犯于。〔註41〕

前一段是楚襄王夢中所見的神女，後一段是宋玉爲其做賦的神女描寫，兩者對比時儼然形成一種對話的關係，但對神女姿態的刻劃偏重神奇、不同於俗世，卻是兩者的相同之處，值得注意的是，不論是楚襄王眼中「性和適，宜侍旁，順序卑，調心腸」的神女，或是宋玉描寫「他人莫睹王覽其狀」的女子形象，兩人對神女的觀看視角卻是站在君王享樂的意義之上，於是對女體的想像描寫，形成了政權重女色的象徵模式，又文中敘述神女時，其「沐蘭澤，含若芳」與「吐芬芳其若蘭」的重要特徵，賦予了〈神女賦〉中「蘭」色慾的意義表現，同時在不遇主題的承繼上似乎轉化了屈原佩「蘭」與求女的書寫方式，進而成爲「氣若如蘭」的開啓者，試探究「蘭」與「神女」相結合的內在聯繫，同時伴以〈高唐賦〉的內容做一比對時，可以發現兩賦文中的書寫地點、事物皆與巫山神女的故事相關，若依據李善在〈別賦〉中「惜瑤草之徒芳」一句下注引宋玉〈高唐賦〉曰：「我帝之季女，名爲瑤姬，未行而亡，封於巫山之臺，精

〔註40〕 參見〔清〕嚴可均輯校：《全上古三代文》卷10，《全上古三代秦漢三國六朝文》（北京：中華書局，1958年），頁74。

〔註41〕 參見〔清〕嚴可均輯校：《全上古三代文》卷10，《全上古三代秦漢三國六朝文》（北京：中華書局，1958年），頁74。

魂爲草，寔曰靈芝。〔註42〕」其《山海經》中帝女化草的記載與巫
山神女的故事幾乎如出一徹，根據魯瑞菁先生的說法，巫山神女實
爲瑤姬，死後化爲《山海經・中次七經》的䔄草（芝草／芷草），而
芷草與蘭草皆有「媚而服焉」的情慾功能，並在以情召神的宗教祭
祀中，所實行的香草愛情巫術之物〔註43〕。由此推知，宋玉將「蘭」
與「神女」結合成爲其「含蘭吐芳」的書寫方式，是具有其內在的
文化脈絡的。

　　當神女論述在建安時代氾濫爲遊戲之作時，神女的符旨已虛化
爲一逞才競技的娛樂商品，於是神女論述就失去了政治意義所具有
的多元對話空間，但曹植〈洛神賦〉卻是在一反潮流中具有轉承意
義的作品，陳廷焯《白雨齋詞話》云：「惟陳王處骨肉之變，發忠
愛之忱，既憫漢亡，又傷魏亂，感物指事，欲語復咽，其本原已與
騷合；故發爲詩歌，覺湘間澤畔之吟，去人未遠。〔註44〕」也因爲
曹植在政治上的不幸遭遇，於是後人遂以情志的觀點視聯繫曹植與
屈原的關係，試觀曹植的〈洛神賦〉雖在求女情節中猶有屈原的寫
作模式，但其實文中卻以模擬並改寫的方式，重新賦予〈洛神賦〉
新的神女意義：

> 於是洛靈感焉，徙倚傍徨。神光離合，乍陰乍陽。竦輕軀
> 以鶴立，若將飛而未翔。踐椒塗之郁烈，步衡薄而流芳。
> 超長吟以永慕兮，聲哀厲而彌長。爾迺衆靈雜遝，命儔嘯
> 侶。或戲清流，或翔神渚。或采明珠，或拾翠羽。從南湘
> 之二妃，攜漢濱之游女。歎匏瓜之無匹兮，詠牽牛之獨處。
> 揚輕袿之猗靡兮，翳脩袖以延佇。體迅飛鳧，飄忽若神。
> 陵波微步，羅韤生塵。動無常則，若危若安。進止難期，

〔註42〕參見〔梁〕蕭統編，李善等注：《文選》（臺北：藝文印書館，1971
　　　年），頁243。

〔註43〕參見魯瑞菁《諷諫抒情與神話儀式：楚辭文心論》（臺北市：里仁書
　　　局，2002年），頁286～294。

〔註44〕參見〔清〕陳廷焯：《白雨齋詞話》（北京：人民文學出版社，1998
　　　年），卷7，頁182。

　　若往若還。轉眄流精，光潤玉顏。含辭未吐，氣若幽蘭。
　　華容婀娜，令我忘餐。〔註45〕

曹植曾在序中提及此賦爲「感宋玉對楚王神女之事」而寫，但對神女情節的論述卻不同於宋玉〈神女賦〉中偏向君王所形成的對話空間，反而以「余告之曰」開啓個人對神女的主動描摹，且全文也著重描寫作者對神女的追求一事；另外，文中「洛靈感焉」以下的筆法也展現出不同於屈原求女的情調：「含蘭吐芳」的神女在拒絕了歷代的追求者後，唯獨被曹植的追求所感動，竟而爲此徘徊不去，欲言又止地散發著幽蘭的芳香氣息（「含辭未吐，氣若幽蘭」），加以文末的「長寄心于君王」一語，更表露出曹植的神女論述實際上應是對自身理想的實踐狀況，於是其「蘭」的描寫就在曹植神女的姿態下，展現爲個人的精神性意義——即指涉自身理想的私領域表徵。可以說曹植神女論述中的「蘭」書寫，應是結合屈賦求女的情志與宋玉〈神女賦〉中「含蘭吐芳」的巫俗意涵，並在改寫神女程式的推演中寄寓精神意義的「含蘭吐芳」創作手法。

　　從宋玉開展「含蘭吐芳」的神女書寫之後，也形成魏晉人士書寫神女論述的風潮，故形成了「神女賦系列」與「閑邪賦系列」的神女慾望文本主題〔註46〕皆有「含蘭吐芳」的創作手法，而位居轉承之際的曹植〈洛神賦〉，卻在「蘭」書寫的承載與改寫之中，由愛情巫俗意涵轉換到賦予強烈個人意義的方式，進而爲漢魏晉詩賦中的「蘭」注入其新的文化意蘊，這也成爲「蘭」多重意義下的重要轉捩點。至於曹植之後雖仍有大量「含蘭吐芳」的神女慾望文本，但由於其創作手法仍不出曹植舊窠，故可以說曹植「蘭」書寫的神女論述實已奠定了漢魏辭賦中「蘭」書寫的典範，並深具轉承意義。

〔註45〕參見〔清〕嚴可均輯校：《全三國文》卷 13，《全上古三代秦漢三國六朝文》（北京：中華書局，1958 年），頁 1123。
〔註46〕參見廖國棟：《建安辭賦之傳承與拓新：以題材及主題爲範圍》（臺北：文津，2000 年），頁 353～397。

第三節　死的自覺——時間推移與魏晉辭賦中的頌「菊」

壹、服菊求壽：神仙思想與菊花頌

　　當漢魏詩賦祖述屈賦「蘭」書寫，以開展「含蘭吐芳」的神女書寫時，魏晉辭賦在此有了文學現象的消長，反而以屈賦中的「菊」書寫開展另一種香草儀式與寫作模式的關係。若考察屈賦中的「菊」，〈離騷〉中「夕餐秋菊之落英」一語值得加以考究，但在此之前，必須談及的是具自傳色彩的〈離騷〉所代表的意義：屈原將面對生存的困阨轉而為強烈地追求自我認同時，表達自我存在的時間意識於焉產生，依照陳世驤先生的說法：「詩人的時間全部是感性的，那強烈的主觀性時間與宇宙及自我之情的表達，在他的抒情詩裏如水乳之交融。這首詩發現了時間，也與時間有機地結合起來。〔註47〕」於是當屈原受限於社會現實的處境中，而欲以好脩的堅持追求自身的存在時，詩人強烈地情感意圖反倒支配了整部的〈離騷〉，進而凸顯了生命本質隱含的時間焦慮之問題，因此，可以說〈離騷〉中表達自我認同的香草意象群，不只是屈原欲保存美善芳潔的象徵性舉動而已，更重要的是這些香草隱然在屈原主觀的比附中也帶有為存在而焦慮的時間特質。若以此重新反觀「夕餐秋菊之落英」的內在理路時，困於「老冉冉其將至兮，恐脩名之不立」的屈原，在以食菊的象徵性手法表達實現自身存在的依據時，暫且不論屈原當時寫作的動機為何，其點明了「菊」與「時間」的關係卻不可忽視，以下先看《補註》引魏文帝之詩對此語的解釋：

> 歲往月來，忽復九月九日。九為陽數，而日月竝應，俗嘉其名，以為宜於長久，故以享宴高會。是月律中無射，言群木庶草，無有射地而生。至於芳菊，紛然獨榮，非夫含

〔註47〕參見陳世驤：〈「詩的時間」之誕生〉，《楚辭資料海外編》（湖北：新華書局，1986年），頁192。

乾坤之純和、體芬芳之淑氣,孰能如此。故屈平悲冉冉之
將老,思飡秋菊之樂英。輔體延年,莫斯之貴。謹奉一束,
以助彭祖之術。〔註48〕(〈九日與鍾繇書〉)

由後人對「夕餐秋菊之落英」的閱讀理解角度來與屈賦進行對讀,
可以發現由漢魏之際開始,服「菊」書寫確實漸有轉變,此處有二
個現象值得注意:其一,由魏文帝對屈原服菊可以延年的認知,可
以推敲「菊」與「時間」的關係似乎不同於〈離騷〉中對現實的煩
悶愁苦,而轉化為一種服食的養生行為;其二,魏文帝指出「菊」
與重九間的關係,一來說明因為古人以九為陽數,九月九日,兩九
相重,故有「重陽」佳節之稱,次則說道在秋天萬物凋零之時,「菊」
卻是於此時節應然而生的花朵,此處若依照李時珍對菊花命名的解
釋:「按陸佃《埤雅》云:菊本作蘜,從鞠。鞠,窮也。《月令》:
九月,菊有黃華,華事至此而窮盡,故謂之蘜。節華之名,亦取其
應節候也。〔註49〕」也可想見為何菊花是在適時而生的意義底層下
與重陽結了不解之緣。而魏晉辭賦的「菊」書寫,正是在對以上兩
點的繼承上開展出祖述屈賦後的新局。

由以上魏文帝詩中「故屈平悲冉冉之將老,思飡秋菊之樂英。
輔體延年,莫斯之貴。謹奉一束,以助彭祖之術」的說法,可以說
屈原的「餐菊」之舉已與後來的延年益壽之說合流,應劭《風俗通
義》對此現象亦有記載:「南陽酈縣有甘谷,谷中水甘美,云其山
上大有菊華,水從山上流下,得其滋液,谷中三十餘家,不復穿井,
仰飲此水。上壽者百二三十,中者百餘歲,七八十者名之為夭。菊
華輕身益氣,令人堅強故也。司空王暢、太尉劉寬、太傅袁隗,為
南陽太守,聞有此事,令酈縣月送水三十斛,用之飲食,諸公多患
風眩,皆得瘳。〔註50〕」可見得南陽菊水源不但能治病,甚至可達

〔註48〕 參見〔清〕嚴可均輯校:《全三國文》卷7,《全上古三代秦漢三國六
朝文》(北京:中華書局,1958年),頁1088。

〔註49〕 參見〔明〕李時珍撰:《本草綱目》(臺北市:新文豐,1987年),「草
部」卷15,頁421。

〔註50〕 參見〔清〕嚴可均輯校:《全後漢文》卷37,《全上古三代秦漢三國

長壽之效，其中「菊」與「時間」的關係轉化為服食養生之舉，正
好反映了當時的生死問題：由於漢魏以來的戰爭亂世，於是對生命
消逝的悲哀，成為文學作品裏時間推移的基本主題〔註51〕，到了魏
晉時代仍舊承繼著生命短促無常、時光飄忽不定的情感，並在文學
自覺的推波助瀾下，加速了對生命留戀的強烈慾望，這同時表現在
重視儀表容止的名士之間，其普遍的服食風氣，正表現時人對延長
生命的企求之願；至於興起於漢末的道教思想在結合服食與求仙之
後，更成為此時期推動服食以求長生不死的有力推手，故菊花本身
輕身益氣的功用，後來也在神仙思想的助長下，成為服菊成仙的證
明，如《神仙傳》云：「康風子服甘菊花、栢實散得仙。〔註52〕」《名
山記》亦云：「道士朱孺子吳末入王笥山，服菊花乘雲升天。〔註53〕」
可以說魏晉時人在面對時間推移的生死問題上，其中一個有效的解
決方式即是以服食來增加生命的長度，但隨著神仙思想的盛行，也
造成民俗記載到文學現象中皆有服菊的奇異想像，雖然不能否認菊
花仍有其藥效，但若說服菊因此潮流而染上神奇的色彩，卻是一個
不爭的事實。試觀晉代辭賦中出現了專門詠菊的篇章：

> 布濩河洛，縱橫齊秦。掇以纖手，承以輕巾。
> 服之者長壽，食之者通神。〔註54〕（傅玄〈菊賦〉）

> 煌煌丹菊，暮秋彌榮。旋菆圓秀，翠葉紫莖。
> 詵詵仙徒，食其落英。尊親是御，永祚億齡。〔註55〕

六朝文》（北京：中華書局，1958 年），頁 679。

〔註51〕參見吉川幸次郎著，鄭清茂譯：〈推移的悲哀〉，《中外文學》第六卷
　　　四、五期（1977 年 9、10 月），頁 24～55、113～131。呂正惠：〈物
　　　色論與緣情說——中國抒情美學在六朝的開展〉，《文心雕龍綜論》
　　　（臺北：臺灣學生，1988 年），頁 285～312。

〔註52〕參見〔宋〕李昉等撰：《太平御覽》（北京：中華書局，1960 年），卷
　　　996「百卉部三」，頁 4407。

〔註53〕參見〔宋〕李昉等撰：《太平御覽》（北京：中華書局，1960 年），卷
　　　996「百卉部三」，頁 4407。

〔註54〕參見〔清〕嚴可均輯校：《全晉文》卷 45，《全上古三代秦漢三國六
　　　朝文》（北京：中華書局，1958 年），頁 1717。

〔註55〕參見〔清〕嚴可均輯校：《全晉文》卷 65，《全上古三代秦漢三國六

（嵇含〈菊花銘〉）

馨達幽遠，光燭照原。招仙致靈，儀鳳舞鸞。飛莖散英，
倚靡相尋。垂采煒于芙蓉，流芳越乎蘭林。游女望榮而巧
笑，鶬鶊遙集而弄音。若乃真人采其實，王母接其葩，汎
流英於清醴，似浮萍之隨波。或充虛而養氣，或增妖而揚
娥。既延期以永壽，又蠲疾而弭痾。〔註56〕（潘岳〈秋菊賦〉）

由「服之者長壽」、「永祚億齡」、「既延期以永壽，又蠲疾而弭痾」的
描寫，可以發現服菊與求長生的思想相結合，同時對菊花的描繪更是
充滿仙界氛圍，如潘岳〈秋菊賦〉就進一步以仙界中仙靈、鳳鸞、游
女、鶬鶊，甚至是王母的出現，來增添菊花本身的神奇象徵，其後或
以飲食來養氣，或可以憑添媚力，更是將菊的效力無限上綱，這也從
而凸顯作者對服菊延年之可能的慾望想像。

貳、菊花饗宴：重九避邪與菊文化

其次，試觀魏代鍾會〈菊花賦〉對菊的描寫：「於是季秋九月，
日數將并，順陽應節，爰鍾福靈，置酒華堂，高會娛情。百卉彫瘁，
芳菊始榮，紛葩曄曄，或黃或青。〔註57〕」文中指出菊花正是眾芳
凋零時節中的特別之物，但卻比魏文帝更進一步地道出重九有飲酒
的饗宴，若考察重九與「菊」之間的民俗意涵，《西京雜記》有云：
「戚夫人（筆者按：戚夫人為漢高祖寵妃）侍兒賈佩蘭，後出為扶
風人段儒妻。說在宮內時見……九月九日，佩茱萸、食蓬餌、飲菊
萼酒，令人長壽。菊萼舒時，並採莖葉雜秫米釀之，至來年九月九
日始熟就飲焉，故謂之菊萼酒。〔註58〕」說明了至少在漢魏之際已

朝文》（北京：中華書局，1958年），頁1831。

〔註56〕參見〔清〕嚴可均輯校：《全晉文》卷91，《全上古三代秦漢三國六
朝文》（北京：中華書局，1958年），頁1988。

〔註57〕參見〔清〕嚴可均輯校：《全三國文》卷25，《全上古三代秦漢三國
六朝文》（北京：中華書局，1958年），頁1188。

〔註58〕參見〔漢〕劉歆撰：《西京雜記》（臺北：藝文印書館，1965年《百
部叢書集成》據清乾隆中餘姚盧文弨輯刊本影印），卷上，頁18。

有重陽節飲菊花酒的風俗，而且指出重陽與長壽的關聯，故可推知鍾會所描寫的活動正是與長壽有關的菊酒饗宴，同時《西京雜記》亦云：「三月上巳，九月重陽，士女遊戲，就此祓禊登高。」記載了登高祓禊與重陽佳節的關係，之後《續齊諧記》更深化了登高祓禊一事：「汝南桓景隨費長房遊學累年，長房謂曰：『九月九日汝家中當有災，宜急去，令家人各作絳囊盛茱萸以繫臂，登高飲菊花酒，此禍可除。』景如言，齊家登山。夕還，見雞犬牛羊一時暴死。長房聞之曰：『此可代也。』今世人九日登高飲酒、婦人帶茱萸囊，蓋始於此。〔註59〕」具體說明了重陽節祓禊的內容包括登高、飲菊酒與佩帶茱萸，此則故事也反映出當時人視重陽節為不祥之日的心理，於是才會產生消災禳除的故事與風俗，至於飲菊花酒的意義除了與長壽有關外，在祓禊時則成為具有避禍意義的儀式要物（避死以求生的內在意涵）。可以說菊在重陽之所以特別，主要在於菊是在草木轉衰時節中，翩然盛開且形茂鮮艷的花朵，故成公綏〈菊銘〉：「敷在三九，時惟斯生。〔註60〕」說明了菊誕生時節的與眾不同，而晉代辭賦中的「菊」則由此開展對它的讚頌：

> 何斯草之特瑋，涉節變而不傷。越松柏之寒茂，超芝英之冬芳。浸三泉而結根，晞九陽而擢莖。若乃翠葉雲布，黃蕊星羅，熒明蒨粲，菴藹猗那。〔註61〕（盧諶〈菊花賦〉）
>
> 彼芳菊之為草兮，稟自然之醇精。當青春而潛翳兮，迄素秋而敷榮。於是和樂公子，雍容無為，翱翔華林，駿足交馳。薄言采之，手折纖枝。飛金英以浮旨酒，掘翠葉以振羽儀。偉茲物之珍麗兮，超庶類而神奇。〔註62〕（孫楚〈菊

〔註59〕參見〔梁〕吳均撰：《續齊諧記》（臺北：藝文印書館，1967 年《百部叢書集成》據明吳琯校刊逸史本影印），頁 5。

〔註60〕參見〔清〕嚴可均輯校：《全晉文》卷 59，《全上古三代秦漢三國六朝文》（北京：中華書局，1958 年），頁 1798。

〔註61〕參見〔清〕嚴可均輯校：《全晉文》卷 34，《全上古三代秦漢三國六朝文》（北京：中華書局，1958 年），頁 1656。

〔註62〕參見〔清〕嚴可均輯校：《全晉文》卷 60，《全上古三代秦漢三國六

花賦〉〉

盧諶以「越松柏之寒茂，超芝英之多芳」強調菊涉霜不凋的特性，
故其形茂可以超越松柏與芝英，而孫楚則以「彼芳菊之爲草兮，稟
自然之醇精。當青春而潛翳兮，迄素秋而敷榮」說明稟天地之氣而
生的秋菊，至秋天才紛然獨榮地盛開。而兩者最後都由菊適時而生
的特性，延伸至不同於眾芳的神奇之物，進而大加稱賞其芳，雖然
仍以神奇的角度對菊花的高潔之性進行描寫，但由「何斯草之特瑋，
涉節變而不傷」、「當青春而潛翳兮，迄素秋而敷榮」等句對菊花外
在形態的描繪到君子高操性格的比附關係來看，菊花與君子間的象
徵卻可由此看出端倪。

由魏晉辭賦中的詠「菊」來看，可以說「菊」與「時間」的關係
具體展現爲「延年」與「避邪」兩個概念，只是前者反映了神仙思想
裏的養生行爲，而後者則展現爲重陽時節中「菊」生長的特殊性以及
儀式意義。由於受到當時服食求仙的影響甚多，於是兩者皆著墨在對
菊神奇性的描寫，至於人品同花品的進一步象徵關係，以及重九與菊
民俗意涵的著重發展，則要到陶淵明才發展爲具代表意義的的典型。

朝文》（北京：中華書局，1958 年），頁 1801。

第四章　陶詩與「采菊」書寫

　　由宋代周敦頤一語：「晉陶淵明獨愛菊。〔註1〕」標榜了「菊」在陶淵明生命中的特別地位，進一步來看，以「古今隱逸詩人之宗」見稱的陶淵明形象，與徘徊於仕隱矛盾所形成的「歸田」文學，也形成「菊」書寫之所以能夠與隱逸高潔有所聯繫的重要證明，不過，為了探求「菊」書寫與陶淵明生命的內在理路，對「菊」書寫的溯源當為首要之務。正因為在漢魏以後，開始出現了以菊花為服食對象的相關記載，於是在考察文人創作主體與「菊」意象書寫的關係之前，必須先對當時為何服「菊」的文化脈絡有一個清楚了解，方能進一步探析「菊」意象這個語言符號，在文人情志寄託中所呈現的心靈投射之樣貌，以及對本文所要探析的陶詩中「采菊」的文化脈絡有一清楚的了解。

第一節　陶詩對漢魏晉辭賦中服「菊」的改寫

壹、中古時期服「菊」養生的時代風氣

　　其實服食活動自秦、漢以來，不論是帝王的海外求仙或是方士煉

〔註1〕參見〔宋〕周敦頤：《元公周先生濂溪集》（北京：書目文獻出版社，1988 年），卷 6，頁 145 上。

丹的需求〔註2〕,皆反映出時人面對生死問題所採取的對應方式,而
這種追求生命延長的服食渴望,到了東漢末因時代紛亂,更進一步與
神仙長生、道教丹鼎之說合流,並開魏晉服食思想之先河,如魏嵇康
提出「呼吸吐納,服食養身,使形神相親,表裡俱濟」的形驅調理之
法,堅信物性類通下的服食原則,如〈答向期子難養生論〉云:

> 流泉甘醴,瓊藥玉英,金丹石菌,紫芝黃精,皆眾靈含英,
> 獨發奇生,貞香難歇,和氣充盈,澡雪五臟,疏徹開明,
> 吮之者體清。〔註3〕

因為醴泉、玉英、靈芝等皆是歷經長期時間而形成的獨特之物,嵇
康則以為諸物的天然質性亦可藉由服食來傳達奇效,故據以滋養自
身性命。此服食物類以變易性命的觀念,至晉葛洪則博綜各家學說,
且承繼漢代以來的煉丹之說以發展為具體的養生論,其〈金丹篇〉
亦指出「假求於外物以自堅固」的物類變化與屬性傳達的思想,為
服食金丹的效用奠定了背後的理論基礎,《抱朴子・對俗》云:

> 金玉在於九竅,則死人為之不朽;鹽滷沾於肌髓,則脯腊
> 為之不爛。況於以宜身命之物納之於己,何怪其令人長生
> 乎?〔註4〕

由於金丹能夠抗腐不朽,又其煉丹過程具有變化無窮之特性,故葛
洪以為服食金丹妙藥即能使人肉身長生於世,這種服食金丹的服食
變化理路,李豐楙先生採弗雷澤巫術原理認為:「乃所謂『同類相生』
(like causes like)或『同類相治』(like cures like)。此類原理最常
見於服食長生,所食珍奇異物或長年久物,即求其傳達長年延壽之

〔註2〕 《史記・封禪書》曾載齊威王、宣王、燕昭王使人入海求仙一事:「自
　　　威、宣、燕昭使人入海求蓬萊、方丈、瀛洲,此三神山者,其傳在
　　　勃海中,去人不遠,患且至,則船風引而去,蓋嘗有至者,諸仙人
　　　及不死之藥皆在焉。其物禽獸盡白,而黃金銀為宮闕。」
〔註3〕 參見〔清〕嚴可均輯校:《全三國文》卷48,《全上古三代秦漢三國
　　　六朝文》(北京:中華書局,1958年),頁1327。
〔註4〕 參見〔晉〕葛洪撰,〔清〕孫星衍校正:《抱朴子》(臺北:世界書局,
　　　1958年),卷3,頁10。

屬性。〔註5〕」這裡指出了葛洪服食變化之說所具有的巫術色彩，而《抱朴子》的〈仙藥篇〉則爲此一觀念更明顯地表現，雖然在〈仙藥篇〉中葛洪主要仍以金石礦物爲仙藥的代表，但還是及於某些具有奇特性質的本草植物，加以古代即有巫、醫不分的傳統，故可以說〈仙藥篇〉中對於本草的採集與服食，一方面透露出原始巫術的服食理念，另一方面則與服食醫療的保健行爲相結合。至於本文所要討論的「菊」意象，也出現在〈仙藥篇〉當中：

> 南陽酈縣山中有甘谷水，所以甘者，谷上左右皆生甘菊，菊花墮其中，歷時彌久，故水味爲變。其臨此谷中居民皆不穿井，悉食甘谷水，食者無不老壽，高者百四十五歲，下者不失八九十，無夭年人，得此菊力也。故司空王暢、太尉劉寬、太傅袁隗皆爲南陽太守，每到官，常使酈縣月送甘谷水四十斛以爲飲食，此諸公多患風痹及眩冒，皆得愈。〔註6〕

葛洪雖同應劭《風俗通義》、宗懍《荊楚歲時記》引當時流傳的南陽菊水源爲例，但由文中「菊花墮其中，歷時彌久，故水味爲變」來看，其服「菊」能夠令人不老、免除疾病的原因正是「得此菊力也」，可見得葛洪特別強調服飲「菊」水的神奇妙處。何以菊花有此效用呢？這或許亦與菊花本身的藥理性質之作用有關，據李時珍《本草綱目》云：

> 菊春生夏茂，秋花冬實，備受四氣，飽經露霜。葉枯不落，花槁不零，味兼甘苦，性稟中和。昔人謂其能除風熱，益甘補陰，概不知其得金水之精英尤多，能益金水二藏也。補水所以制火，益金所以平木，木平則風息，火降則熱除，用治諸風頭目，其旨深微。……其苗可蔬，葉可啜，花可飲，根實可藥，囊之可枕，釀之可飲，自本自末，周不有

〔註5〕　參見李豐楙：《魏晉南北朝文士與道教關係》（臺北：政治大學中文研究所博士論文，1978 年），頁 552。
〔註6〕　參見〔晉〕葛洪撰，〔清〕孫星衍校正：《抱朴子》（臺北：世界書局，1958 年），卷 11，頁 50。

功。〔註7〕

由於菊花的生長「備受四氣，飽經露霜」，故「昔人謂其能除風熱，益甘補陰」，但其實這亦與菊花本身所富涵的「金水之精英」有關。反觀葛洪所述服飲「菊」水的行爲，則可以說服「菊」一事隱含著古代對身體觀的一種思維方式：就服食養生的基本原則而言，往往透過物類屬性的服食以求變化體質之效，而這種藉由人體接觸物類來傳導的方式，正是巫術醫療中的「服」用遺痕。於此，「菊」意象在魏晉時期服食養生之風氣下，即表現出藉由服用「菊」本身所具有的「益金水二藏」之特性，來變化身體本質之所缺，這種觀念也反映在其他文獻上：

> 文賓……教令（嫗）服菊花、地膚，桑上寄生松子，取以益氣，嫗亦更壯。〔註8〕（《列仙傳》）

> 宣帝地節元年有背明之國來貢其方物，有紫菊，謂之日精，一莖一蔓延及數畝，味甘，食者至死不饑渴。〔註9〕（《述異記》）

服「菊」的作用不管是「取以益氣，嫗亦更壯」或是「食者至死不饑渴」的說法，皆呈現出「服」用菊花後的神奇作用，只不過在當時神仙思想風行下，服「菊」的特殊效用亦逐漸蒙上一層神秘的附會色彩，此亦見於《神仙傳》、《名山記》所載：

> 康風子服甘菊花、栢實散得仙。〔註10〕（《神仙傳》）

> 道士朱孺子吳末入王笥山，服菊花乘雲升天。〔註11〕（《名山記》）

〔註7〕 參見〔明〕李時珍撰：《本草綱目》（臺北市：新文豐，1987年），「草部」卷15，頁425～426。

〔註8〕 參見〔漢〕劉向撰：《列仙傳》（臺北：藝文印書館，1966年），卷下，頁8。

〔註9〕 參見〔梁〕任昉：《述異記》（臺北：藝文印書館，1966年），頁12。

〔註10〕 參見〔宋〕李昉等撰：《太平御覽》（北京：中華書局，1960年），卷996「百卉部三」，頁4407。

〔註11〕 參見〔宋〕李昉等撰：《太平御覽》（北京：中華書局，1960年），卷996「百卉部三」，頁4407。

由於菊花本身有「輕身益氣」之特性〔註12〕，故康風子與朱孺子的服「菊」成仙，則突顯了「菊」意象在服食成仙的風潮中，時人欲藉由服「菊」改變身體爲輕身益氣的體質，以求飛行昇登之願。此即《周易參同契》中「服食三載，輕舉遠游」之意，也是葛洪所謂「惟服食大藥，則身輕力勁，勞而不疲」的服食法。於此，「菊」意象於服食養生中所扮演的角色，就呈現出時人重視身體的觀念。

　　由於漢魏以來對生死議題的重視，於是遂造就服食養生風氣之大興，可以說此服「菊」養生的身體觀，確是一種「養形」觀念的具體反映，這也進一步反映在文人創作的服「菊」書寫上，如鍾會〈菊花賦〉對菊之形貌亦有仔細的描繪：

> 何秋菊之可奇兮，獨華茂乎凝霜。挺葳蕤于蒼春兮，表壯觀乎金商。延蔓翁鬱，緣坂被岡。縹幹綠葉。青柯紅芒。華實離離，暉藻煌煌。□□規圓，芳穎四張。微風扇動，照曜垂光。……百卉彫瘁，芳菊始榮，紛葩曄曄，或黃或青。乃有毛嬙西施，荊姬秦嬴，妍姿妖豔，一顧傾城。櫂纖纖之素手，宣皓腕而露形，仰撫雲髻，俯弄芳榮。掇以纖手，承以輕巾，揉以玉英，納以朱脣，服之者長生，食之者通神。故夫菊有五美焉，圓花高懸，準天極也。純黃不雜，后土色也。早植晚登，君子德也。冒霜吐穎，象勁直也。流中輕體，神仙食也。〔註13〕（鍾會〈菊花賦〉）

文中先以「獨華茂乎凝霜、挺葳蕤于蒼春兮」說明菊花華茂的樣態，其次又詳細的依序描繪菊花的外形，即「延蔓翁鬱，緣坂被岡。縹幹綠葉，青柯紅芒。華實離離，暉藻煌煌。□□規圓，芳穎四張。微風扇動，照曜垂光。」但最重要的還是菊花能夠「服之者長生，食之者通神」的特色。若分析鍾會在服「菊」書寫中投射的寄託，則可以發現菊花的外在形貌與植物特性，正與鍾會所歸納的五種美

〔註12〕如《神農本草經》載：「久服利血氣，輕身，耐老延年。」《風俗通義》亦載：「菊華輕身益氣。」
〔註13〕參見〔清〕嚴可均輯校：《全三國文》卷25，《全上古三代秦漢三國六朝文》（北京：中華書局，1958年），頁1188。

德相對應：「故夫菊有五美焉，圓花高懸，準天極也。純黃不雜，后土色也。早植晚登，君子德也。冒霜吐穎，象勁直也。流中輕體，神仙食也。」不論是花形、顏色、生長時間、凌霜開花的特性，無一不是菊花生姿的具體展現。鍾會最後亦點出「菊」是體態輕盈與飛昇成仙之物，則表明了服「菊」成仙的效果所在：這一方面也許是菊花本身所具有的藥理性質，故形成文人在服食求仙風氣之下，以服「菊」書寫展現對生命延長的想望表現；另一方面，則不免讓人聯想到或許正因爲菊花的形貌獨特、生機旺盛等特點，故反而成爲文人在注重形體養生的狀態下，以書寫服「菊」的方式來投射自我的生命形態。而這種著重對菊花外型的描摹書寫，更見於其他的文本：

> 英英麗質，稟氣靈和。春茂翠葉；秋耀金華。〔註14〕（左九嬪〈菊花賦〉）

> 秋日悲兮，火流天而滌暑，風入林而疏條。菊挺葩于綠莖，蘭飛馨于翠翹。〔註15〕（李顒〈悲四時賦〉）

> 澤蘭者，任子咸之女也。涉三齡，未沒衰而殞，余聞而悲之，遂爲其母辭。茫茫造化，爰啓英淑，猗猗澤蘭，應靈誕育。鬒髮蛾眉，巧笑美目，顏耀榮苕，韡茂時菊；如金之精，如蘭之馥，淑質彌暢。〔註16〕（潘岳〈為任子咸妻作孤女澤蘭哀辭〉）

> 英英麗草，稟氣靈和。春茂翠葉；秋曜金華。布濩高原，蔓衍陵阿。陽芳吐馥，載芬載葩。爰採爰拾，投之醇酒。御于王公，以介齊壽。服之延年，佩之黃耇。文園賓客，

〔註14〕 參見〔清〕嚴可均輯校：《全晉文》卷 13，《全上古三代秦漢三國六朝文》（北京：中華書局，1958 年），頁 1534。

〔註15〕 參見〔清〕嚴可均輯校：《全晉文》卷 53，《全上古三代秦漢三國六朝文》（北京：中華書局，1958 年），頁 1768。

〔註16〕 參見〔清〕嚴可均輯校：《全晉文》卷 93，《全上古三代秦漢三國六朝文》（北京：中華書局，1958 年），頁 1997。

乃用不朽。〔註17〕（辛蕭〈菊花賦〉）

以上文本皆說明了菊花的書寫主要皆偏重在外在形態的描繪上。若以此對照其他菊賦書寫所反映神仙服食與延年益壽的內容，如傅玄〈菊賦〉：「服之者長壽，食之者通神。」嵇含〈菊花銘〉：「誑誑仙徒，食其落英。尊親是御，永祚億齡。」潘岳〈秋菊賦〉：「既延期以永壽，又蠲疾而弭痾。」則更可進一步推知漢魏晉的服「菊」書寫，正是文人在面對人生短暫、時光易逝下的生命歌詠，於此，「菊」意象這個語言符號所展現的意義所在，即是在服「菊」養生的文化潮流中，成為文人對永生延年的情志寄託，同時也成為文人於服「菊」書寫的脈絡中，以投射自身身體在服食變化後的想像，以治癒自己對現實生命壓力的一種可能解釋。

貳、陶詩對服「菊」求仙的反思

　　若依照李豐楙先生對屈賦巫俗意涵的考察，服食不只是巫系文學的典型，更是後世遊仙文學的原型〔註18〕。尤其到了漢魏時代，時逢戰爭亂世，於是形成了時人對待生死的相關問題，這同時亦反映在當時的文學書寫當中，而漢魏晉人士對屈賦以來服「菊」書寫的承繼，似乎也在此潮流中轉化為服食性的養生行為，故服「菊」書寫的系譜，儼然割裂了屈賦以來的儀式性意義，但身在如此潮流下的陶淵明似乎並非相信成仙之說，反而以「汎覽周王傳，流觀山海圖」的閱讀取材，寫了〈讀山海經十三首〉組詩，按黃文煥《陶詩析義・卷四》云：「十三首中，初首為總冒，末為總結。〔註19〕」

〔註17〕參見〔清〕嚴可均輯校：《全晉文》卷144，《全上古三代秦漢三國六朝文》（北京：中華書局，1958年），頁2287。

〔註18〕參見李豐楙：〈服飾、服食與巫俗傳統──從巫俗觀點對楚辭的考察之一〉，《古典文學（第三集）》（臺北：臺灣學生，1981年），頁71～96。另外，關於仙道服食變化原理與先秦仙真傳說的關係，可參見李豐楙：〈嵇康養生思想之研究〉，《靜宜學報》第二期（1979年6月），頁37～66。李豐楙：〈葛洪養生思想之研究〉，《靜宜學報》第二期（1980年6月），頁97～137。

〔註19〕參見臺灣中華書局編輯部編：《陶淵明詩文彙評》（臺北：臺灣中華

勾勒了〈讀山海經十三首〉的命意方向,試觀〈讀山海經〉其一:
「俯仰終宇宙,不樂復何如?」說明了陶淵明尙友古人的讀書之
樂,其二至十二首則由詠神話異物降至歷史人間的興衰,並於十三
首點出「嚴嚴顯朝市,帝者愼用才」的政治期待,可以見得陶淵明
雖建構神話異物的閱讀想像世界,但其實他最終目標還是落在現實
人世間。雖然蘇軾〈和讀山海經十三首〉詩序云:「陶淵明〈讀山海
經十三首〉,其七首皆仙語。」但是對於〈讀山海經十三首〉中第二
首至第八首充滿仙境氛圍的描述,還是可以發現其中同時存在著陶
淵明詠懷寄託的情緒,這一方面代表著陶淵明對時人求仙心態的反
映,另一方面也呈現出陶淵明書寫遊仙變體之作的動機[註20],試
觀由詩末所透露出來的訊息,如:

> 高酣發新謠,寧效俗中言。(其二)
>
> 恨不及周穆,託乘一來游。(其三)
>
> 豈伊君子寶?見重我軒黃。(其四)
>
> 在世無所須,惟酒與長年。(其五)
>
> 神景一登天,何幽不見燭。(其六)
>
> 雖非世上寶,爰得王母心。(其七)
>
> 方與三晨游,壽考豈渠央。(其八)[註21]

書局,1974 年),頁 288。

[註20] 根據鍾嶸《詩品》卷中評郭璞遊仙詩,有云:「遊仙之作,詞多慷慨,
乖遠玄宗。其云:『奈何虎豹姿』,又云:『戢翼棲榛梗』,乃是坎壈
詠懷,非列仙之趣也。」說明了遊仙詩實包含了「乖遠玄宗」、「坎
壈詠懷」的變體之作,由此,可以見得遊仙詩確有憂憤寄託的傳統
所在,而陶淵明〈讀山海經十三首〉以神話取材刻劃仙境,或許也
可視爲是陶淵明企圖爲遊仙變體開另一創作的道路。關於陶淵明〈讀
山海經十三首〉隱含的神話意蘊,可參見高師莉芬:〈《山海經》的
閱讀與重述:陶淵明〈讀山海經〉的多重文本〉,宣讀於「第六屆魏
晉南北朝文學與思想」國際學術研討會(2009 年 4 月 17～18 日),
頁 1～11。盧明瑜:〈陶淵明〈讀山海經十三首〉神話運用及文學內
蘊之探討〉,《中國文學研究》第八期(1994 年 5 月),頁 261～294。

[註21] 參見逯欽立輯校:《晉詩》卷 16,《先秦漢魏晉南北朝詩》(北京:中
華書局,1998 年),頁 1010～1011。

這幾首詩的詩末往往由神話的理想色彩迅速拉到現實人間，並突顯出陶淵明在現世中對時間焦慮的深層擔憂，若依照林明德先生採取神話象徵方式的解讀來看待其二首至其八首詩時說道：「它們是經陶淵明對神話意象的認取營造之後的理想世界模型，這才是他心靈上不斷追尋的一塊樂土。我們以為此意識表現正與『桃花源記』同出一轍。幾乎在每首詩的最後兩句，都以同樣的手法，把他深邃情懷投注進去，使神話與現境巧妙內聚在一起，而形成一種強烈的對比。〔註22〕」陶淵明所建構的正是不脫俗世色彩的空中樓閣。再觀末五首之詩更是從神話落至歷史，陶淵明由故事情節中賦予自己價值判斷的同時，由神話、歷史的借鏡呈現出陶淵明尚友古人的「詠史」企圖。其九、其十正是以夸父、精衛、刑天這三個變形神話來表明陶淵明自身「有志不獲騁」的心情，其十一是以臣危、欽駓的懲罰表明其善惡觀，其十二則是以鵃鵝聯想屈原流放的史事反思歷史，以上這些皆表露陶淵明綰合神話與歷史的最終目的仍然是關懷世情。尤其〈讀山海經〉其五詩末所云：「在世無所須，惟酒與長年。」更是說明陶淵明對長年與任情兩者的矛盾心情，若以此對照於陶淵明的「菊」書寫，其「菊」與「酒」間的辯證關係也如實反映於詩中，試觀〈九日閒居〉：

> 世短意恒多，斯人樂久生。日月依辰至，舉俗愛其名。
> 露淒暄風息，氣澈天象明。往燕無遺影，來鴈有餘聲。
> 酒能祛百慮，菊為制頹齡。如何蓬廬士，空視時運傾！
> 塵爵恥虛罍，寒華徒自榮！斂襟獨閒謠，緬焉起深情。
> 棲遲固多娛，淹留豈無成！〔註23〕（〈九日閒居〉）

首先，陶淵明於〈九日閒居〉的序文中說道：「余閒居，愛重九之

〔註22〕 參見林明德：〈陶淵明「讀山海經十三首」的神話世界初探〉，《中國古典文學研究叢刊——詩歌之部（一）》（臺北：巨流圖書，1977 年），頁 217。

〔註23〕 參見逯欽立輯校：《晉詩》卷 17，《先秦漢魏晉南北朝詩》（北京：中華書局，1998 年），頁 990。

名。秋菊盈園，而持醪靡由，空服九華，寄懷於言。」亦表達了重
陽節有菊無酒的感慨，雖然飲食菊花酒固然符合節日風俗，但由於
重陽節時陶淵明有菊無酒，故「酒能祛百慮，菊爲制頹齡」一句，
一方面暗示著陶淵明似乎欲以「菊」、「酒」做爲對生命存在的眞實
省思，另一方面「菊」意象於此也呈現出陶淵明已在服「菊」養生
脈絡中，將「菊爲制頹齡」的神奇效用退居其次，而欲以自我人格
形象的投射，賦予「菊」意象由服食到君子比德的象徵性意涵。由
此，若對照於「塵爵恥虛罍，寒華徒自榮」一語，可見陶淵明彷彿
欲藉由「菊」、「酒」間的比喻消長關係，來做爲他對時光流逝之感
下長生與忘憂想望的不同象徵，因此，當詩末以隱居的快樂時光與
年華虛度的憂愁形成強烈的對比時，也點出了陶淵明對服菊求長生
與飲酒忘憂的人生看法，這不只是陶淵明對前代自然與名教之爭議
題的回應，同時也是陶淵明意圖在玄言的思辯答覆中，消弭魏晉以
來關乎時間推移下的生死課題。若根據陳寅恪先生對〈形影神〉一
詩分析的說法：

> 時移世易，又成來復之象，東晉之末葉宛如曹魏之季年，
> 淵明生值其時，既不盡同嵇康之自然，更有異何曾之名教，
> 且不主名教自然相同之說如山、王輩之所爲。蓋其己身之
> 創解乃一種新自然說，與嵇、阮之舊自然說殊異，惟其仍
> 是自然，故消極不與新朝合作，雖篇篇有酒，而無沉湎任
> 誕之行及服食求長生之志。〔註24〕

若以陶淵明所建立的「新自然說」來看待魏晉以來時光流逝的生命情
緒，不僅不同於名教說重視立善名之舉，也不同於舊自然說主沉湎飲
酒、服藥求仙之行，於是可以說陶淵明的「菊」書寫的確是在任自然
的前提下，相異於追求與天地齊一的六朝服食遊仙的這一脈絡，進而
有著服「菊」書寫現象以來的新意。

〔註24〕參見陳寅恪：〈陶淵明之思想與清談之關係〉，《陳寅恪先生全集》（臺
北：九思出版社，1977 年），頁 1028～1033。

第二節 仕與歸去——歸田文學中的「菊」書寫

壹、〈歸去來辭〉與魂歸田園

若要探析陶淵明的「菊」書寫,日本學者藤野岩友先生曾在「巫系文學」的基礎上追溯《楚辭》與〈歸去來辭〉間有一脈相承的關係〔註25〕。故或許可以在遙承屈賦巫俗的脈絡下,進一步探究「菊」意象於陶淵明筆下所呈現的象徵性意涵。試觀陶淵明的歸返田園似乎別有深意,當〈歸去來兮辭〉一開始即以「歸去來兮,田園將蕪胡不歸!既自以心爲形役,奚惆悵而獨悲?」即說明了陶淵明自身歸返田園的姿態。若相較於前章所論述〈招魂〉中屈原對自身魂魄的召喚,便呈現著香草儀式在宗教信仰的作用力,因而必須先有大規模的周遊做爲論述的基調,其場景從天地四方,轉到楚國故都,再到故都中的陳設與場景;至於陶淵明的〈歸去來兮辭〉對召喚自身的描寫,歸返的方式雖好似於屈原的神遊,但不同的是其場景卻轉而爲「歸田」中的想像之作〔註26〕:

〔註25〕參見〔日〕藤野岩友著,韓基國譯:〈《楚辭》解說〉,《巫系文學論》(重慶:重慶出版社,2005 年),頁 197。

〔註26〕依序文的說法,此賦應作於「乙巳歲十一月也」,也就是義熙元年乙巳(405)辭官彭澤之初。但根據文中對春景的描述,應與十一月之說有所矛盾。按王若虛在《滹南遺老集·文辨》的說法:「將歸而賦耳,既歸之事,當想象而言之。今自問途以下,皆追錄之語。」錢鍾書《管錐編·第四冊》也認爲此辭是做於歸去之前的想像之詞,但不同於王若虛謂此想像爲其追敘的方式,並引周振甫曰:「《序》稱《辭》作於十一月,尚在仲冬;倘爲『追錄』、『直述』,豈有『木欣欣以向榮』、『善萬物之得時』等物色?亦豈有『農人告余以春及,將有事乎西疇』、『或植杖以耘耔』等人事?其爲未歸前之想象,不言而可喻矣。」錢鍾書又說:「本文自『舟遙遙以輕颺』至『亦崎嶇而經邱』一節,敘啓程之初至抵家以後諸況,心先歷歷想而如身正一一經。」「結處『已矣乎』一節,即《亂》也,與發端『歸去來兮』一節,首尾呼應;『耘耔』、『舒嘯』乃申言不復出之志事,『有事西疇』、『尋壑經丘』乃懸擬倘得歸之行事,王氏混而未查。『追錄』之說,尤一言以爲不知,亦緣未參之《東山》之三章也。非回憶追敘,而是懸想當場即興,順風光以流轉,應人事而運行。」參見錢鍾書:

乃瞻衡宇,載欣載奔。僮僕歡迎,稚子候門。三徑就荒,
松菊猶存。攜幼入室,有酒盈罇。引壺觴以自酌,眄庭柯
以怡顏,倚南窗以寄傲,審容膝之易安。園日涉以成趣,
門雖設而常關。策扶老以流憩,時矯首而遐觀。雲無心而
出岫,鳥倦飛而知還。景翳翳以將入,撫孤松而盤桓。
〔註27〕(〈歸去來辭〉)

雖然歸返的書寫傳統來自屈賦,但〈歸去來兮辭〉卻不同於屈賦中
「士不遇」主題所呈現的歸返政治領域之意圖,而是如許東海先生
的說法:「歸返田園是一種以『家』爲核心的私情領域的趨附,但同
時對於以『國』爲中心的政治場域,則意味著一種疏離或遠棄。〔註
28〕」對於陶淵明而言,「國」、「家」分別代表公、私領域的不同意
義,所以遊走仕隱與抉擇歸田便成爲陶淵明對生命省思的矛盾與歸
路。而這種徘徊仕(國)、隱(家)間矛盾下的衝突問題,若根據楊
玉成先生以語言哲學的角度來剖析陶淵明的自我形象,則可以發現
陶詩中的確潛藏了本我與自我分裂的雙重本質,故文學創作本身對
於陶淵明而言,實具有形塑自我的儀式性意義〔註29〕。再觀〈五柳
先生傳〉亦或是〈自祭文〉、〈輓歌詩〉等自撰墓誌銘的書寫,皆呈
現著陶淵明欲試圖建立的自我形象〔註30〕,這也可以想見爲何仕隱
的歸屬問題會成爲陶淵明詩中反覆辯證的主題所在。若進一步探究
會促成陶淵明最終回歸田園的抉擇,除了應該與陶淵明宦遊生涯的

《管錐編》(北京:中華書局,1986年),頁1225〜1227。至於陶淵
明辭官時間的相關考證,可參見龔斌:《陶淵明集校箋》(臺北:里
仁書局,2007年),頁456〜464。

〔註27〕參見〔清〕嚴可均輯校:《全晉文》卷111,《全上古三代秦漢三國六
朝文》(北京:中華書局,1958年),頁2096。

〔註28〕許東海:〈歸返、夢幻、焦慮:從陶柳辭賦論歸田書寫的文類流變及
其創作意蘊〉,《漢學研究》第22卷第1期(2004年6月),頁56。

〔註29〕參見楊玉成:《陶淵明文學研究:語言與民間禮儀的綜合分析》(臺
北:政治大學中文研究所博士論文,1993年),頁195、196。

〔註30〕參見川合康三:〈中國自傳文學中的自我意識〉,宣讀於「中國文學
的抒情傳統研習營」(2004年11月22〜26日),頁1〜8。

際遇相關外〔註31〕，其〈感士不遇賦並序〉所提「自眞風告逝，大僞斯興，閭閻懈廉退之節，市朝驅易進之心」、「密網裁而魚駭，宏羅制而鳥驚」等句，不僅說明了世風日下的時代現況，同時亦提供了陶淵明對於「士不遇」的看法：

> 嗟乎！雷同毀異，物惡其上，妙算者謂迷，直道者云妄。坦至公而無猜，卒蒙恥以受謗，雖懷瓊而握蘭，徒芳潔而誰亮。〔註32〕（〈感士不遇賦並序〉）

文中指出正直者在是非顛倒之世蒙冤受辱，並以「雖懷瓊而握蘭，徒芳潔而誰亮」一語，承繼了屈賦與漢魏辭賦中「蘭」書寫的不遇主題，且其文末又云：

> 蒼昊遐緬，人事無已。有感有昧，疇測其理。寧固窮以濟意，不委曲而累己。既軒冕之非榮，豈縕袍之爲恥。誠謬會以取拙，且欣然而歸止。擁孤襟以畢歲，謝良價於朝市。
> 〔註33〕（〈感士不遇賦並序〉）

以上說明了陶淵明在天道莫測下，面對士不遇所抒發的「安歸」之歎，而「蘭」書寫於此正呈現出與棄仕歸隱的關係，顯然陶淵明選擇走的不是屈賦以來士子們「握香懷蘭」的仕途，而是歸返田園的道路。相較於陶淵明的〈歸去來兮辭〉之作，亦可發現文中的「菊」書寫少了屈賦以來必須受限於政治上「時」與「知」的雙重焦慮問題，轉而成爲與陶淵明單一私領域中的「歸田」主題、親躬田園的

〔註31〕 若根據齊益壽先生的看法，從〈庚子歲五月中從都還阻風於規林二首〉、〈辛丑歲七月赴假還江陵夜行塗口〉、〈始作鎭軍參軍經曲阿作〉、〈乙巳歲三月爲建威參軍使都經錢溪〉這些宦遊之作來看，描繪了陶淵明由隆安四年庚子（400 年），至義熙元年乙巳（405 年）間，陶淵明所仕的對象與其對政治的種種態度。參見齊益壽：〈陶淵明的宦遊詩〉，《毛子水先生九五壽慶論文集》（臺北：幼獅出版社，1987 年），頁 205～226。

〔註32〕 參見〔清〕嚴可均輯校：《全晉文》卷111，《全上古三代秦漢三國六朝文》（北京：中華書局，1958 年），頁 2095。

〔註33〕 參見〔清〕嚴可均輯校：《全晉文》卷111，《全上古三代秦漢三國六朝文》（北京：中華書局，1958 年），頁 2096。

生活體驗有關，於是「菊」書寫也在陶淵明手中轉變爲田園生活之物。雖然文中對「松菊猶存」的描寫是建立在陶淵明未歸之前的想像之作，但由序文中所提其「質性自然，非矯勵所得」的歸歟之情，則可以說陶氏的「菊」、「松」並舉，應在其隱士的身份認同中扮演著重要的角色，又如〈和郭主簿〉其二有云：

芳菊開林耀，青松冠巖列。懷此眞秀姿，卓爲霜下傑。

〔註34〕（〈和郭主簿〉二首之二）

文中同樣表現陶淵明對菊、松兩者的重視，陶淵明或許正以「菊」、「松」皆歲寒不凋的姿態，爲自身的處世原則來做比附。此處雖祖述屈賦中「士不遇」的比德延續，但似乎已將漢魏辭賦以「蘭」來表現不遇情結的主題，試圖由「蘭」書寫逐漸淡出士人生命情懷的方式，改寫爲以「菊」書寫的突顯來呈現隱士的高潔之情。同時「菊」書寫在陶淵明的筆下，也突破了魏晉辭賦的文類範疇，進而兼跨由賦至詩的創作基調，以展現「菊」書寫詩賦合流的現象〔註35〕。而陶淵明的隱逸形象便在由賦至詩的拓展領域中，奠定了人品同花品的象徵方式。

貳、「菊──松」書寫與懷古意識

經由前文的揭示，可發現「菊」意象在陶淵明筆下成爲歸田後生活的重要物件，但值得注意的是，陶淵明對其田園生活的描繪明顯有著「菊」、「松」兩物並列的書寫方式，這似乎有其特別的用意所在，試觀〈飲酒詩〉中曾對菊、松兩物分別進行歌詠：

秋菊有佳色，裛露掇其英。汎此忘憂物，遠我遺世情。

一觴雖獨進，杯盡壺自傾。日入群動息，歸鳥趨林鳴。

〔註34〕參見逯欽立輯校：《晉詩》卷16，《先秦漢魏晉南北朝詩》（北京：中華書局，1998年），頁978。

〔註35〕關於六朝詩賦合流現象與其消長，可參見高師莉芬：〈六朝詩賦合流現象之一考查──賦語言功能之轉變〉，《第三屆國際辭賦學學術研討會論文集》（臺北：政大中文，1996年），頁187～206。

嘯傲東軒下，聊復得此生。〔註36〕（〈飲酒詩〉其七）

青松在東園，眾草沒其姿。凝霜殄異類，卓然見高枝。

連林人不覺，獨樹眾乃奇。提壺撫寒柯，遠望時復為。

吾生夢幻間，何事紲塵羈。〔註37〕（〈飲酒詩〉其七）

雖然陶淵明曾於〈飲酒詩〉的序中表明飲酒之作乃「既醉之後，輒題數句自娛；紙墨遂多，辭無詮次」，以說明其無意為之的寫作心情，但若仔細觀察飲酒諸作，則可發現〈飲酒詩〉通篇大部分皆以歸田後所堅持的固窮之志為宗旨，即是反對政治上的立名之說，如「九十行帶索，飢寒況當年。不賴固窮節，百世當誰傳」、「道喪向千載，人人惜其情。有酒不肯飲，但顧世間名」、「紆轡誠可學，違己詎非迷。且共歡此飲，吾駕不可回」等。加以似有詠史寓意的〈飲酒‧其二十〉云：「若復不快飲，空負頭上巾。但恨多謬誤，君當恕醉人。」亦可見陶淵明於所處時代的迴避姿態，更何況當時又是晉宋易代前夕的紛亂時刻，由此，可推知陶淵明的〈飲酒〉諸作應有其用心安排的意義所在。再觀陶淵明於〈飲酒‧其七〉詠菊之後，〈飲酒‧其八〉接著詠松，按邱嘉穗《東山草堂陶詩箋‧卷三》云：「此詩言對菊飲酒至暮，遺世而自得也。蓋菊之晚芳，亦公所自比於歟。故下篇遂以松次之。公〈和郭主簿〉云：『芳菊開林耀，青松冠巖列。懷此貞秀姿，卓為霜下傑。』固知松菊皆三徑中得意之物，宜其於詩文中再三及比。〔註38〕」於此，可以想見在〈飲酒詩〉中的菊、松書寫應是陶淵明在田園固窮的堅持中自我投射的重要象徵物，故〈歸去來辭〉始有「三徑就荒，松菊猶存。攜幼入室，有酒盈罇。引壺觴以自酌，眄庭柯以怡顏」一語。至於陶淵明與松的關係，不僅建立在「時矯首而遐觀」、「撫孤松而盤桓」的田園生活當中，同時更結合歸鳥書寫以隱喻歸田

〔註36〕 參見逯欽立輯校：《晉詩》卷 17，《先秦漢魏晉南北朝詩》（北京：中華書局，1998 年），頁 998。

〔註37〕 參見逯欽立輯校：《晉詩》卷 16，《先秦漢魏晉南北朝詩》（北京：中華書局，1998 年），頁 999。

〔註38〕 參見臺灣中華書局編輯部編：《陶淵明詩文彙評》（臺北：臺灣中華書局，1974 年），頁 177。

之志,如〈飲酒‧其四〉:

> 栖栖失群鳥,日暮猶獨飛。徘徊無定止,夜夜聲轉悲。
> 厲響思清晨,遠去何所依!因值孤生松,斂翩遙來歸。
> 勁風無榮木,此陰獨不衰。託身已得所,千載不相違。
> 〔註39〕(〈飲酒詩〉其四)

陶淵明藉離群之鳥遇上孤松以樂其居之喻,說明自己「託身已得所,千載不相違」,其歸田之志正藉由孤松的出現而賦予寄託,按邱嘉穗《東山草堂陶詩箋‧卷三》云:「此詩純是比體。蓋陶公自彭澤解綬,真如失群之鳥,飛鳴無依,故獨退守田園,如望孤松而斂翩,託身不相違也。〔註40〕」其說亦是。進一步來說,菊、松兩物之所以會在陶淵明的書寫中扮演著重要角色,或許正因為菊、松有其相似之處,見〈和郭主簿〉其二:

> 和澤周三春,清涼素秋節。露凝無游氛,天高肅景徹。
> 陵岑聳逸峰,遙瞻皆奇絕。芳菊開林耀,青松冠巖列。
> 懷此真秀姿,卓為霜下傑。銜觴念幽人,千載撫爾訣。
> 檢素不獲展,厭厭竟良月。〔註41〕(〈和郭主簿〉二首之二)

詩中明顯的指出菊、松兩者之所以特別的原因,在於兩者皆是在秋霜時節中、不同於百芳凋零,且適時而生之物,據詩中所提「陵岑聳逸峰,遙瞻皆奇絕。芳菊開林耀,青松冠巖列。懷此真秀姿,卓為霜下傑」正是此意,但值得注意的是,下句卻云「銜觴念幽人,千載撫爾訣」,可以見得陶淵明詠菊、松的寄託所在即是在於對菊、松投射出對古隱士的懷念,其中「銜觴念幽人」一語頗值得玩味,因為陶淵明舉酒杯抒懷的對象即是菊、松,此處也可以回應前文所說陶淵明的飲酒主題與菊、松間的聯繫;再者,試觀陶淵明詠菊、松的最終目的,

---

〔註39〕參見逯欽立輯校:《晉詩》卷16,《先秦漢魏晉南北朝詩》(北京:中華書局,1998年),頁998。

〔註40〕參見臺灣中華書局編輯部編:《陶淵明詩文彙評》(臺北:臺灣中華書局,1974年),頁166。

〔註41〕參見逯欽立輯校:《晉詩》卷16,《先秦漢魏晉南北朝詩》(北京:中華書局,1998年),頁978。

竟然為「檢素不獲展，厭厭竟良月」，即說明了自己有志不獲聘的心情，於此，若對讀於〈和郭主簿〉其一：

> 藹藹堂前林，中夏貯清陰。凱風因時來，回飆開我襟。
> 息交遊閑業，臥起弄書琴。園蔬有餘滋，舊穀猶儲金。
> 營己良有極，過足非所欽。春秫作美酒，酒熟吾自斟。
> 弱子戲我側，學語未成音。此事真復樂，聊用忘華簪。
> 遙遙望白雲，懷古一何深。〔註42〕（〈和郭主簿〉二首之一）

雖然此則非詠菊、松，但與〈和郭主簿〉其二首互文見義後，則可發現到共同的脈絡所在，即皆是對歸田生活自給自足的描繪與閒適的心情，尤其詩末提到「遙遙望白雲，懷古一何深」，顯示了陶淵明懷古的寄託之情，按劉履《選詩補註・卷五》云：「此詩雖因和人，而直寫己懷。但據見在不為過求，而目前所接莫非真樂，是則世之榮利，豈有可動其中者哉！末言遙望白雲，深懷古人之高迹，其意遠矣。〔註43〕」這種懷念遠古的追懷是陶詩情感的主要表現所在，不只陶淵明曾於〈與子儼等疏〉中自稱是「羲皇上人」，同時更有四言詩的創作力追上古之風：根據王國瓔先生的研究，曾將陶淵明九首「頗示己志」之四言詩作分為述祖誡子、說理論道、贈答酬和、抒情述懷四類，並闡明其獨特之處即在於詩中的描寫皆為陶淵明個人經驗的真實感受，這是陶淵明之前四言詩的內容所罕見的部份〔註44〕，可以說陶淵明的四言詩雖取效〈風〉、〈騷〉，但他所偏並非兩漢以來著重的套語歌詩的實際功能，或僅僅只是模擬《詩經》的復沓形式、詩前小序模式而已，反而是承繼〈風〉、〈騷〉以來個人抒情的展現方式，因此，具有陶淵明特有印記的四言詩應可視為其「有

〔註42〕參見逯欽立輯校：《晉詩》卷16，《先秦漢魏晉南北朝詩》（北京：中華書局，1998年），頁978。

〔註43〕參見臺灣中華書局編輯部編：《陶淵明詩文彙評》（臺北：臺灣中華書局，1974年），頁94。

〔註44〕參見王國瓔：〈雅潤為本，和婉有味──陶淵明四言詩之承傳與開拓〉，《古今隱逸詩人之宗：陶淵明論析》（臺北：允晨文化，1999年），頁177～204。

意」為之的作品。由是，試觀四言之作的〈勸農〉一詩，其內容為列舉古代賢人（后稷、舜、禹、周武王、冀缺、長沮、桀溺）親自農耕之例，並說明「民生在勤，勤則不匱」的道理，以重新建立了遠古聖人躬耕的系譜。因此，若將〈勸農〉一詩與陶淵明的懷古之志來進行對照，則可以說陶淵明的「歸田」實有回歸遠古的用心所在，而「菊」、「松」書寫於此所代表的象徵意義，一方面即藉由菊、松這兩種田園植物不同凡俗的特性，投射陶淵明自我落實田園的象徵意義；其次，「菊」、「松」書寫的懷古投射也代表著陶淵明回歸上古場域之情感追尋。

第三節　隱與歸來──「采菊」的巫俗意義與人境樂園的建構

壹、酣觴賦詩：陶詩中的「菊」、「酒」主題

由陶淵明在〈飲酒‧其五〉中「採菊東籬下，悠然見南山」一語，遂開啓了「采菊」與飲酒間的聯繫問題，本文為了進一步探求陶淵明於「菊」書寫中所呈現的象徵意義，首先，得先對「飲酒」這個時代課題有所了解。可以說自從竹林七賢任誕縱酒以來，已成為一種習慣性的文化符碼，見於〈世說新語‧任誕篇〉的記載云：

> 王孝伯言：『名士不必須奇才。但使常得無事，痛飲酒，熟讀〈離騷〉，便可稱名士。』〔註45〕

似乎飲酒本身在當時反映的不只是六朝士人看待政治的心態而已，若依照廖棟樑先生認為六朝時代對屈原接受的解讀之看法〔註46〕，可知六朝時代「痛飲酒」與「熟讀〈離騷〉」搭配方式的選擇，應與禮法、

〔註45〕參見〔南朝宋〕劉義慶撰，〔梁〕劉孝標注，楊勇校箋：《世說新語校箋》（北京：中華書局，2006 年），頁 685～686。

〔註46〕參見廖棟樑：〈痛飲酒、熟讀〈離騷〉──簡論六朝士人對屈原的解讀〉，《中國文哲研究通訊》第八卷第四期（1998 年 12 月），頁 67～78。

名教的對抗有關。若由此思考陶淵明爲何寫飲酒詩的動機，就不難明白爲何梁昭明太子要在《陶淵明集‧序》中說道：

> 有疑陶淵明詩，篇篇有酒。吾觀其意不在酒，亦寄酒爲迹者也。〔註47〕

更何況陶淵明還有隱含政治寓意解讀的〈述酒〉之作，可見得陶淵明書寫〈飲酒二十首〉的內在原因，應該是自身對於當時自然與名教之爭的一種回應姿態，如〈飲酒‧其三〉亦云：

> 道喪向千載，人人惜其情。有酒不肯飲，但顧世間名。
> 所以貴我身，豈不在一生！一生復能幾？倏如流電驚。
> 鼎鼎百年內，持此欲何成？〔註48〕（〈飲酒詩〉其三）

就回應名教的意義而言，由文中「道喪向千載，人人惜其情。有酒不肯飲，但顧世間名」一語，說明了陶淵明的飲酒哲學是對現實中主張名教者的批判，同時〈飲酒‧其三〉詩末則進一步提出：「所以貴我身，豈不在一生！一生復能幾？倏如流電驚。鼎鼎百年內，持此欲何成？」不只表明陶淵明相對於名教而欲持「新自然說」〔註49〕的心態，也呈現出陶淵明對「身沒名亦盡」的生死問題與及時行樂的看法。按清人方東樹《昭昧詹言‧卷四》對此詩的評述：「言由於不悟大道，故惜情顧名，而不肯任眞，不敢縱飲，不知即時行樂。此即身後名不如生前一杯酒。〔註50〕」指出了陶淵明飲酒詩背後「任眞」的深意；若與其〈止酒〉一詩來進行對讀，則可以發現到陶淵明詩中反覆辯證的飲酒之道，並非詩句表面上所說「始覺止爲善，今朝眞止矣。從此一止去，將止扶桑涘。清顏止宿容，奚止千萬祀」

〔註47〕參見〔清〕嚴可均輯校：《全梁文》卷 20，《全上古三代秦漢三國六朝文》（北京：中華書局，1958 年），頁 3067。

〔註48〕參見逯欽立輯校：《晉詩》卷 16，《先秦漢魏晉南北朝詩》（北京：中華書局，1998 年），頁 997～998。

〔註49〕參見陳寅恪：〈陶淵明之思想與清談之關係〉，《陳寅恪先生全集》（臺北：九思出版社，1977 年），頁 1028～1033。

〔註50〕參見臺灣中華書局編輯部編：《陶淵明詩文彙評》（臺北：臺灣中華書局，1974 年），頁 165。

的用意,若進一步探究,這可從陶淵明本身是反對求仙的態度這一
條件去判析,同時此處或可由其回應舊自然說的立場爲依據來相互
對比,以細窺陶詩之意,則由此可推知陶淵明的飲酒主張即是持「能
飲能止」這種不役於物的飲酒之道。故對於及時痛飲的「生前一杯
酒」,可以說即是在陶淵明自身的堅持下,反而成爲異於屈騷以來「舉
世皆濁我獨清,眾人皆醉我獨醒」的另一種書寫形態。這同樣亦可
見於〈飲酒・其十三〉云:

> 有客常同止,趣舍邈異境。一士常獨醉,一夫終年醒。
>
> 醒醉還相笑,發言各不領。規規一何愚,兀傲差若穎。
>
> 寄言酣中客,日沒燭當炳。〔註51〕(〈飲酒詩〉其十三)

陶淵明在呈現醒者、醉者兩人志趣相異的辯證關係時,詩末以「寄
言酣中客,日沒燭當炳。」來對醉者應及時行樂的立場加以表態,
按溫汝能纂集《陶詩彙評・卷三》:「篇中言醒者愚而醉差穎,或謂
淵明嗜酒,故爲左袒之論;豈知其悲憤牢騷,不過寄意於酒,遂言之
不覺近於謔耳。淵明豈眞左袒醉人哉,善讀陶者當自得之。〔註52〕」
由陶淵明在詩中對屈騷以降飲酒主題「醉」與「醒」的回應,其對象
性指向政治家國不言可喻,可以說在改朝頻繁與門閥興盛的六朝時
代,遂也造成忠君觀念呈現出逐漸淡薄的傾向,同時儒衰玄盛的風潮
也帶領著六朝士人對本體探詢的興趣,故陶淵明的飲酒意涵當然不同
於屈騷忠君的醒者形象,而是自然與名教之爭思辨下的醉者形態,其
「寄酒爲迹」的目的正是陶淵明對忠君觀念的顛覆。陶淵明飲酒主題
的獨到之處,不只是王瑤所說的酒境與詩境的交融而已〔註53〕,進
一步來說其酒與詩交融的書寫方式,也呈現了陶淵明在「玄意」思

〔註51〕 參見逯欽立輯校:《晉詩》卷16,《先秦漢魏晉南北朝詩》(北京:中
　　　　華書局,1998年),頁1000。

〔註52〕 參見臺灣中華書局編輯部編:《陶淵明詩文彙評》(臺北:臺灣中華
　　　　書局,1974年),頁186。

〔註53〕 參見王瑤:《中古文學史論》,《王瑤全集》第一卷(石家莊:河北教
　　　　育出版社,1999年),頁203～204。

考下對竹林七賢以來「酒德」〔註54〕的反思，與對「醉者」的時代接受與文化意義。

　　既然陶淵明「寄酒爲迹」的詩篇是反映他對政治所持的態度，自然也是關於陶淵明對嵇、阮以來舊自然說的回應方式之一，可以說他不只以「菊」書寫表達自己反對六朝服食遊仙的風氣，同時更以「菊」、「酒」間交融的詩境，反映對沉湎飲酒的不同立場。按〈神釋〉所云：「甚念傷吾生，正宜委運去。縱浪大化中，不喜亦不懼。應盡便須盡，無復獨多慮。」可發現陶淵明以委運自然的目標做爲自己人生的依從藍圖，「神釋自然」的生命觀即是反映他突破重形、影的「惜生」立場，因此，其服菊與飲酒的辯證觀遂也在此理路下，成爲陶淵明詩風的特色，試觀〈飲酒詩〉有兩處可見陶淵明藉由「菊」與「酒」所欲表達的人生情懷：

> 採菊東籬下，悠然見南山。山氣日夕佳，飛鳥相與還。
> 此還有眞意，欲辨已忘言。〔註55〕（〈飲酒詩〉其五）
>
> 秋菊有佳色，裛露掇其英。汎此忘憂物，遠我遺世情。
> 一觴雖獨進，杯盡壺自傾。日入群動息，歸鳥趨林鳴。
> 嘯傲東軒下，聊復得此生。〔註56〕（〈飲酒詩〉其七）

首先，崔寔《四民月令》曾云：「九月可采菊華。」由此觀之，詩中不論是「採菊東籬下」抑或是「裛露掇其英」，皆表現出詩人摘採菊花是爲泡酒飲食之用〔註57〕，這也說明了陶淵明爲何要「滿手把菊」的原因〔註58〕，但眞正要達到「遺世情」〔註59〕的效用，光靠服菊還

〔註54〕　參見江建俊：〈由劉伶「酒德頌」談到魏晉名士之酒德〉，《魏晉南北朝文學與思想學術研討會論文集》（臺北：文史哲，1991 年），頁 599～613。

〔註55〕　參見逯欽立輯校：《晉詩》卷 17，《先秦漢魏晉南北朝詩》（北京：中華書局，1998 年），頁 998。

〔註56〕　參見逯欽立輯校：《晉詩》卷 17，《先秦漢魏晉南北朝詩》（北京：中華書局，1998 年），頁 998。

〔註57〕　王瑤注：「相傳服菊可以延年，采菊是爲了服食。」參見王瑤：《陶淵明集（編注）》，《王瑤全集》第一卷（石家莊：河北教育出版社，1999 年），頁 424。

〔註58〕　蕭統：「嘗九月九出宅邊叢菊中坐，久之，滿手把菊。忽值弘送酒至，

是不夠,還必須伴以採菊釀酒,若根據第二章的論證,可知「菊」意象所代表的意義,即是因爲節慶時間的「採菊製酒」,故有儀式性回歸神聖時間之可能。因此,於重九佳節當日採摘菊花,便有與眾不同的巫儀意涵,《歲時廣記》引《千金方》載:

> 常以九月九日取菊花作枕袋枕頭,大能去頭風,明眼目。

〔註 60〕

又引《太清諸草木方》云:

> 九月九日,採菊花與茯苓松脂,久服,令人不老。〔註 61〕

可以說正因爲重九這個節慶時間,方賦予「菊」意象在採菊活動中的藥效作用,但由此也可想見由採菊進一步所製的酒,也必須在重陽節當日服飲,方能在歸返神聖時間之時,從而回復到巫醫登高採藥的治療意義,像這樣的巫俗遺痕即被陶淵明所承繼:由〈飲酒詩〉詩末所言「此中有眞意,欲辨以忘言」、「嘯傲東軒下,聊復得此生」,亦可見得陶淵明飲菊酒的生活態度一方面表現在詩境當中,另一方面由菊花酒結合的主題來看,陶詩不只承繼了魏晉辭賦中「菊」與重陽的關係,同時更進一步以「採菊」製酒的方式,遙承遠古的「採摘」巫俗儀式,並落實在重九飲菊酒的生活中,這當中除了巫俗成因的「采菊」之外,還可以說陶詩的飲菊酒以「采菊」一語直承上古,這基本上也是對魏晉服「菊」求仙的一種語境轉化。

由漢末到晉代,瀰漫著一股「名士」風流下,注重言行舉止的自我標舉風氣,或許這樣的時代背景,也更加突顯著文人於文學中形塑自我的重要,當然這樣的原因可能也與陶淵明希冀於文學創作

即便就酌,醉而歸。」
〔註 59〕 李公煥《箋注陶淵明集》卷三引定齋曰:「自南北朝以來,菊詩多矣,未有能及淵明之妙,如『秋菊有佳色』,他花不足當此一佳字。然通篇寓意高遠,皆由菊而發耳。」
〔註 60〕 〔宋〕陳元著:《歲時廣記》(臺北:新文豐,1984 年),卷 34,頁 379。
〔註 61〕 〔宋〕陳元著:《歲時廣記》(臺北:新文豐,1984 年),卷 34,頁 379。

中建立自我認同有關。陶淵明在辭官歸田之前，有〈癸卯歲始春懷古田舍二首〉之作值得注意，詩中不僅以「即理愧通識，所保詎乃淺」（其一）、「長吟掩柴門，聊爲隴畝民」（其二）表達欲歸田園之志，同時又於感懷古人的當下，說明自己不選儒家孔、顏「憂道不憂貧」的從仕之途，而欲擇荷蓧丈人、長沮、桀溺的躬耕從隱之路〔註62〕，可見陶淵明欲以瞻望古人的方式，寄予「轉欲志長勤」的人生抉擇，實有著「懷古」意識的追尋與自我認同的依存關係。又陶詩中亦有明顯的「詠史」諸作，如〈詠貧士〉七首、〈詠二疏〉、〈詠三良〉、〈詠荊軻〉等，皆以寄託自身的對話，表達對閱覽古人古事的抒懷之情；再者，陶淵明還有以「古人格作自家詩」的〈擬古九首〉〔註63〕，以及繼承〈擬古〉餘緒的〈雜詩〉諸篇〔註64〕，其模擬的意義皆以傳承古詩的精神內涵爲主。至於〈四言〉諸詩也在取效〈風〉、〈騷〉上另闢蹊徑，以有別於漢代以來服膺於政教的僵化

〔註62〕按吳瞻泰《陶詩彙註‧卷三》：「題曰〈懷古田舍〉，故二首俱是懷古之論。前首荷蓧丈人，次首沮、溺，皆田舍之可懷者也。古來唯孔、顏安貧樂道，不屑耕稼，然而逸不可追，則不如實踐隴畝之能保其眞矣。篇中隱寓四古人，各相反照，悠然意遠，不唯章法低昂起伏，並可知古人鑄題之妙。」

〔註63〕「擬古」是魏晉人士學習屬文的一種創作風尚，擬作者借由模擬文字語言的形似性，以達與原創作者同情共感的神似效果，這不只與當時君王提倡的同題共作有關，同時也是區分創作者才性高低的依據。但細觀陶淵明所作〈擬古九首〉，可發現「擬古」是陶淵明欲抒己意的一種表達形式而已，按許學夷《詩源辯體‧卷六》：「靖節〈擬古〉九首，略借引喻，而實寫己懷，絕無摹擬之跡。」方東樹《昭昧詹言‧卷一》亦云：「淵明〈擬古〉，是用古人格作自家詩。」可以說陶淵明的擬古之作只是他思古詠懷的書寫媒介。

〔註64〕按清陳祚明《采菽堂古詩選‧卷十四》亦言：「〈雜詩〉諸篇，亦〈擬古〉餘緒。」依照齊益壽先生對兩者的比較，即可以發現〈擬古〉與〈雜詩〉前八首雖風格相近，可是意旨顯然有別，〈雜詩〉前八首更多地反映陶淵明老年「有志不獲聘」的傷老悲志之情懷。關於〈雜詩〉前八首的析論，可參見齊益壽：〈傷老悲志中的省思——陶淵明〈雜詩〉前八首析論〉，《世新中文研究集刊》創刊號（2005年6月），頁12～13。

形式，並擴大了四言詩的抒情功能〔註65〕，可見陶淵明文學創作的動機，顯然是「有意」扣合古風精神而來。加以陶淵明歸田後亦常有「春醪獨撫」的悲嘆，故可以想見陶淵明對「懷古」語境的探求，不只不同於魏晉時人的文學表現，亦有著他自身必須尚友古人的生命問題。因為陶淵明歸隱後所面臨的自我分裂問題，似乎必須在「懷古」的語境中，試圖由對屈賦的承繼，從而感受巫俗意涵下「采菊」書寫所帶給他身心交融的治療意義。於是，可以說「采菊」書寫不僅是陶淵明「懷古」語境下的產物，同時「尚友古人」的情懷也是他直承屈賦巫俗的精神所在。

貳、忘懷得失：南朝詩中的「菊——酒」詩

關於「菊」意象在陶淵明以後的發展，一方面由於「菊」意象在六朝時代與重陽佳節相結合為採菊飲酒之俗，另一方面則承繼著陶淵明「采菊」書寫所開闢「菊——酒」詩的典範，這同時亦成為後世的文人在文學創作上遙承「菊」文學與文化的書寫範型。就「菊」意象在重陽民俗的表現而言，魏晉時代似乎除了登高以避邪免災的表現外，又反映為當時盛大的士人登高宴飲賦詩活動，如重九登高中「孟嘉落帽」一事成為當時趣談，見《晉書・桓溫傳》載：

> （孟嘉）為征西桓溫參軍，溫甚重之。九月九日，溫燕龍山，僚佐畢集。時佐吏並著戎服，有風至，吹嘉帽墮落，嘉不之覺。溫使左右勿言，欲觀其舉止。嘉良久如廁，溫令取還之，命孫盛作文嘲嘉，著嘉坐處。嘉還見，即答之，其文甚美，四坐嗟歎。〔註66〕

除了士人於重陽佳節登高賦詩的活動外，其他的則有劉裕在重九登項

〔註65〕參見王國瓔：〈雅潤為本，和婉有味——陶淵明四言詩之承傳與開拓〉，《古今隱逸詩人之宗：陶淵明論析》（臺北：允晨文化，1999年），頁177～204。

〔註66〕參見〔唐〕房玄齡撰：《列傳》第68〈桓溫傳〉，《晉書》（北京：中華書局，1974年），頁2581。

羽戲馬臺之說〔註67〕、齊武帝於每年重九於孫陵崗之地大宴群臣的舉動等〔註68〕，當然士人於重陽宴飲的情感體驗，也進一步反映在文人當時的歌詠之作中：

> 轍跡光周頌，巡遊盛夏功。鉤陳萬騎轉，閶闔九關通。
> 秋暉逐行漏，朔氣繞相風。獻壽重陽節，迴鑾上苑中。
> 疏山開輦道，間樹出離宮。玉醴吹岩菊，銀床落井桐。
> 御梨寒更紫，仙桃秋轉紅。飲羽山西射，浮雲冀北驄。
> 塵飛金埒滿，葉破柳條空。騰猨疑矯箭，驚鵰避虛弓。
> 彫材濫杞梓，花綬接鵷鴻。愧乏天庭藻，徒參文雅雄。
>
> 〔註69〕（庾肩吾〈九日侍宴樂遊苑應令詩〉）
>
> 黃山獵地廣，青門官路長。律改三秋節，氣應九鍾霜。
> 曙影初分地，暗色始成光。高斾長楸坂，緹幕杏間堂。
> 射馬垂雙帶，豐貂佩兩璜。苑寒梨樹紫，山秋菊葉黃。
> 華露霏霏冷，輕颸颯颯涼。終慚屬車對，空假侍中郎。
>
> 〔註70〕（王褒〈九日從駕詩〉）

在重九當日因為登高宴飲的習氣，故文中亦反映出與侍宴有關的遊戲之作，其他如王儉〈侍太子九日宴玄圃詩〉、任昉〈九日侍宴樂游苑詩〉、沈約〈為臨川王九日侍太子宴詩〉、劉苞〈九日侍宴樂游苑正陽唐詩〉、何遜〈九日侍宴樂游苑詩為西封侯作〉、蕭綱〈九日侍皇太子樂游苑詩〉等，皆是重陽當日登高的文化娛樂活動。不過，需注意的是，飲採「菊」所製之酒的文學現象，亦與九月九日形成一文學創作類型，如：

〔註67〕《南齊書・禮志上》云：「宋武為宋公，在彭城，九日出項羽戲馬臺，至今相承，以為舊淮。」

〔註68〕《南齊書・武帝紀》云：「九月己丑，詔曰『九日出商飆館登高宴眾臣。』辛卯，車駕幸商飆館。館，上所立，在孫陵崗，世呼為『九日臺』者也。」

〔註69〕參見逯欽立輯校：《梁詩》卷23，《先秦漢魏晉南北朝詩》（北京：中華書局，1998年），頁1985。

〔註70〕參見逯欽立輯校：《北周詩》卷1，《先秦漢魏晉南北朝詩》（北京：中華書局，1998年），頁2336。

欲行一過心，誰我道相憐。摘菊持飲酒，浮華著口邊。

〔註71〕(〈吳聲歌曲‧讀曲歌〉)

露花疑始摘，羅衣似適薰。餘杯度不取，欲持嬌使君。

〔註72〕(劉孝威〈九日酌菊酒詩〉)

靈芝挺三脊，神芝曜九明。菊花偏可憙，碧葉媚金英。

重九惟嘉節，抱一應元貞。泛酌宜長久，聊薦野人誠。

〔註73〕(王筠〈摘園菊贈謝僕射舉詩〉)

由文中所述的內容來看，不論是「露花疑始摘」對菊花的摘取，或是「摘菊持飲酒」對菊花酒的描述，還是以題名爲「摘園菊贈謝僕射舉詩」，皆描寫採菊贈物的重陽飲酒場景。且此「菊──酒」詩的主題在陶淵明之後亦有明顯增多的文學現象：

酒出野田稻，菊生高岡草。味貌復何奇，能令君傾倒。

玉椀徒自羞，爲君慨此秋。金蓋覆牙柈，何爲心獨愁。

〔註74〕(鮑照二〈答休上人菊詩〉)

橫階仍鑿澗，對戶即連峯。暗石疑藏虎，盤根似臥龍。

沙洲聚亂荻，洞口礙橫松。引泉恒數派，開巖即十重。

北閣聞吹管，南鄰聽擊鍾。菊寒花正合，杯香酒絕濃。

由來魏公子，今日始相逢。〔註75〕(庾信〈同會河陽公新造山池聊得寓目詩〉)

金膏下帝臺，玉曆在蓬萊。仙人一遇飲，分得兩三杯。

忽聞桑葉落，正值菊花開。阮籍披衣進，王戎含笑來。

〔註71〕參見逯欽立輯校：《宋詩》卷 11，《先秦漢魏晉南北朝詩》(北京：中華書局，1998 年)，頁 1343。

〔註72〕參見逯欽立輯校：《梁詩》卷 18，《先秦漢魏晉南北朝詩》(北京：中華書局，1998 年)，頁 1882。

〔註73〕參見逯欽立輯校：《梁詩》卷 24，《先秦漢魏晉南北朝詩》(北京：中華書局，1998 年)，頁 2019。

〔註74〕參見逯欽立輯校：《宋詩》卷 8，《先秦漢魏晉南北朝詩》(北京：中華書局，1998 年)，頁 1287。

〔註75〕參見逯欽立輯校：《北周詩》卷 3，《先秦漢魏晉南北朝詩》(北京：中華書局，1998 年)，頁 2375。

從今覓仙藥，不假向瑤臺。〔註76〕（庾信〈蒙賜酒詩〉）

灞陵因靜退，靈沼暫徘徊。新船木蘭檝，舊宇豫章材。
荷心宜露泫，竹徑重風來。魚潛疑刻石，沙暗似沈灰。
琴逢鶴欲舞，酒遇菊花開。羈心與秋興，陶然寄一杯。
〔註77〕（薛道衡〈秋日遊昆明池詩〉）

再者，「菊」意象也與代表重九那天的「時間」相結合，並形成所謂的重陽的思鄉情懷：

秋日正淒淒，茅茨復蕭瑟。姬人薦初醞，幼子問殘疾。
園菊抱黃華，庭榴剖珠實。聊以著書情，暫遣他鄉日。
〔註78〕（江總〈衡州九日詩〉）

心逐南雲逝，形隨北鴈來。故鄉籬下菊，今日幾花開。
〔註79〕（江總〈詩於長安歸還揚州九月九日行薇山亭賦韻詩〉）

由文學現象的呈現來看，可以說在重九這個神聖時空裡進行服飲「菊」酒的文人創作，皆顯示出時人希冀由儀式回歸的深層心理狀態，若按周策縱先生的說法：

我把「登高而賦」和「登歌」追溯到巫醫登高的神話和風俗，固然目的是想要追索「賦」體詩的淵源；同時也指出它可能與後世重九登高賦詩的風俗有關。巫醫登高，為了說是可與神或上帝相通，並且採藥。重九登高也是為了避災害。而這樣登高山賦詩，也許對後世的山水詩、登臨詩，以至於遊仙詩那種浪漫文學的發揚不無助益。早期的賦，如「離騷」、「高唐賦」、「神女賦」、「登徒子好色賦」、「洛神賦」等，如我以前說，更是顯著的浪漫文學作品。〔註80〕

〔註76〕參見逯欽立輯校：《北周詩》卷3，《先秦漢魏晉南北朝詩》（北京：中華書局，1998年），頁2378。

〔註77〕參見逯欽立輯校：《隋詩》卷4，《先秦漢魏晉南北朝詩》（北京：中華書局，1998年），頁2683。

〔註78〕參見逯欽立輯校：《陳詩》卷8，《先秦漢魏晉南北朝詩》（北京：中華書局，1998年），頁2592。

〔註79〕參見逯欽立輯校：《陳詩》卷8，《先秦漢魏晉南北朝詩》（北京：中華書局，1998年），頁2595。

〔註80〕參見周策縱：《古巫醫與「六詩」考──中國浪漫文學探源》（臺北：

可以說重陽服飲「菊」酒的活動，皆代表著文人於重九登高賦詩之際，希冀由宴飲創作以求免災避邪的儀式歸返，而從在服飲「菊」酒書寫的寄託當中，再現其生命回歸的眞意，以及進行文學治療意義上的表現。

聯經，1986 年），頁 239。

第五章　結論——菊與文學

第一節　研究發現：「蘭」、「菊」變衍與抒情接受

　　試觀「蘭」、「菊」意象從屈賦到漢魏晉辭賦的發展，可以說已由屈賦裏「蘭」、「菊」並舉的儀式性意義，在歷經文人集體性的文化蘊涵建構下，分別形成漢魏辭賦中的詠「蘭」傳統與魏晉辭賦中的頌「菊」風潮，而造成「蘭」、「菊」意涵兩者呈現消長的文學現象之成因，即在於文人對前代的模擬與改寫是一種以「抒情自我」〔註1〕為認同的接受方式，並透過情意的展演過程，將「曾經」與「現在」融為一體，於是「蘭」、「菊」意涵遂在古往今來的意義上，對民俗儀式有所承接，

〔註1〕關於「抒情自我」的定義，高友工說：「因為抒情美典討論的是藝術家的創造經驗，所以整個經驗的架構是從創作者自身出發，也是以創作的瞬間為限制。它的對象也即是創作者的自我與現時的經驗。這是為什麼抒情美典不常討論「人物」或「觀點」，而是集中在『抒情自我』（lyrical self）和『抒情現時』（lyrical moment）這兩個座標上。」參見高友工：〈中國文化史中的抒情傳統〉，《中國美典與文學研究論集》（臺北：臺大出版中心，2004年），頁104～164。另外，其他對「抒情自我」與「抒情傳統」的相關討論，可參見陳世驤：〈中國抒情傳統〉，《陳世驤文存》（臺北：志文出版社，1975年）。高友工：〈文學研究的美學問題（下）：經驗材料的意義與解釋〉，《中國美典與文學研究論集》（臺北：臺大出版中心，2004年），頁44～103。張淑香：《抒情傳統的省思與探索》（臺北：臺灣學生，1992年）。

而形成追憶之中的無盡召喚,按鄭毓瑜老師對於面對未來與過去的「自我」加以證成:

> 當追憶者幾乎以一種溯源循流的方式來統攝時間的前後展延,「曾經」可以上友古人,「現在」也可以預想後事,這當中有種種可能的伸縮度;整個主體存有於是可以在不知所終的時間軸上,形成一個統貫而連續的自我;當然,有這樣的自我認同——是如此自由地飛躍在逆時(歸返過去)與順時(迎向未來)之間。〔註2〕

可以說當歷代文人祖述屈賦而開啓「蘭」、「菊」書寫時,正是在承繼屈子之心的情志映照中,形成漢魏辭賦中的詠「蘭」與魏晉辭賦中的頌「菊」書寫,而屈賦中所隱含的文化意涵與其在後世逐漸衍生的民俗意義,遂在文人對其認同的意義上,進行歷代的接受與改寫的過程,於是對文學中「蘭」、「菊」變衍現象的發掘,不僅可以歸納出其象徵,更可以由此探索民俗文化的意涵:〈招魂〉中香草與回歸之路的關係,開啓了漢魏楚騷論述的「士不遇」書寫,不只漢代擬騷以「蘭」書寫追索屈原情志,同時神女慾望文本的論述更出現「含蘭吐芳」的書寫方式,以「蘭」的香氣喻美人本身的質地與德性,並與重色的政權傳統形成強烈對比。以上兩者皆祖述屈原「香草美人文學傳統」的書寫方式,來呈現「不遇」情懷,其中曹植的〈洛神賦〉可謂位居轉承的地位,不只祖述屈、宋文本,又在改寫中賦予個人精神的寄託,至於以情召神的「蘭」則在巫俗的意義上,完成屈賦以來士人追尋與失落的共同詠嘆;魏晉出現的頌「菊」書寫,其仍祖述屈賦的「時間」意識,並進一步深化爲魏晉對生死之際的推移悲哀,同時在服食求仙思想的興盛下,也形成晉代時光瞬逝中重「命」的文化意涵,直至陶淵明歸田主題的確立,其「菊」書寫不只轉化屈賦中「士不遇」的歸返姿態,更以「歸田」的生活體驗改寫「菊」書寫的內在裏絡,形成具有隱逸內涵的自我召喚,同時「菊」與重陽的民俗意涵,也在陶淵明時始擴展詩賦合

〔註2〕 參見鄭毓瑜:《六朝情境美學》(臺北:里仁書局,1997 年),頁 106。

流中「菊」的文化範疇，於是「菊」書寫也由賦至詩的體裁中，以「菊」、「酒」結合表現陶淵明人品與花品相親的隱逸意涵與民俗性意義，而陶詩賦中「菊」書寫的出現，更呈現出總結魏晉時代中服食派與飲酒派的辯證意識，並在消弭兩者時形成「菊──酒」的主題創作，這不只是陶淵明委任自然的心機表露，也爲後世「東籬菊」典型的仿效增添些許色彩。總之，由屈賦所開啓的「蘭」、「菊」書寫，遂在抒情展演當中各自承繼其香草儀式的遺痕，並在歷代書寫中完成對文人的召喚與生命的實踐。

第二節　研究展望：「和」的文化精神與「菊」的雙重象徵

菊花在秋天時節眾芳凋零之際適時而生、淩霜盛開，其亦退亦進的特性，一方面像悠然的隱士可以東籬而居，另一方面又像堅毅的烈士秉持著受難的精神，也因爲菊花這種矛盾的雙重象徵，遂成爲文人眼中特殊的植物，且自古以來的知識分子由於秉著達則兼善天下、窮則獨善其身的處事態度，於是菊花往往成爲其情感在出處進退時的投射對象。本文所要探討的屈原、陶淵明正是性格上一進一退的典型例子，爲了進一步探析「菊」意象在他們各自的筆下所呈現的精神樣貌，以及了解文學書寫中的「菊」意象與文人生命寄託的關係何在，於是本文對「菊」意象的探析是建立在以文人爲主體的創作角度，而中國思考模式的「身體思維」概念，便成爲本文探討思維主體的參照方向。近年來學界在「身體觀」議題的開拓上有相當成果，但「過去在中國哲學裡，一直把心、性（義理之性）當作人之生命存在的根本，而成爲主流論述。至於形（身體）、氣就比較不受重視。事實上，我們跟外界接觸、交往都是透過『身體』。」〔註3〕又湯淺泰雄先生亦認爲中國哲學具有身心體驗的實踐性格：

〔註3〕　參見顏崑陽：〈中國古典文學研究的現代視域與方法〉，《政大中文學報》第 9 期（2008 年 6 月），頁 8。

> 由於人本來就是流動的「氣」之容器,因此所謂「氣」的
> 修鍊,便意味著努力使自己的身體成爲「氣」的更好容
> 器。……「氣」的身體觀就是這樣,在與近代以來興起的
> 身——心,以及精神——物質二分法思考方式相異的觀點
> 上立論。它從日常經驗中體認身心關係,出發點是一種相
> 關性的二元論(core-lationaldualism)然而不止此也,它還
> 重視在實踐性的修鍊之後,「氣」的性質所發生的改變。這
> 種過程就有著克服了二元論的實踐——理論並列的意味。
> 〔註4〕

由中國哲學傳統看待「氣」的觀點,可以知道「氣」的能量於萬物當中流動,故不只是與「踐形」的身心作用有關,同時也體現在身體與環境的交互作用當中,可以說中國的「身體觀」著重以實踐身心一體的體驗爲主,亦強調身體對情境脈絡的活動感知。而本文的研究即是站在前人研究的成果上,探文人創作的「身體思維」角度,來解析「菊」意象自屈、陶以來所承繼轉化的精神面貌。

在文本的閱讀中可以發現歸返傳統雖始自屈原,但屈原〈離騷〉中詩人心境的轉折之處,在於「離——返」後所造成的自我回歸之意,於是可以說屈原路程中一系列的周遊天界與求女,皆是他在其追求歷程中所不可缺少的部份,唯有在詩人克服自己與環境的疏離關係時,才能達到「詩境」等於「心境」的高度。至於陶淵明的歸田想像表面上好像類似於屈原的歸返神遊之作,可是事實上陶氏文中以快樂的筆調來達成迅速歸田的姿態,不僅目的地不同於屈原,連歸返的路徑敘述都有差別:對於屈原來說,由於「國」、「家」領域的交疊,故唯有以死亡的方式才能眞正達到消解時間焦慮後的重生,對於陶淵明而言,「國」、「家」分別代表公、私的不同領域,

---

〔註4〕 參見湯淺泰雄著,盧瑞容譯:〈「氣之身體觀」在東亞哲學與科學中的探討——及其與西洋的考察比較〉,本文收錄在楊儒賓主編:《中國古代思想中的氣論及身體觀》(臺北市:巨流圖書,1993年),頁90~91。

所以仕隱的抉擇便形成了陶淵明最終回歸田園的唯一歸路。本文對於屈、陶「菊」之意象探析，即是針對兩者在追求生命之路相反的方向上，進一步歸納出「菊」意象於此發展中所各自呈現的文學象徵，但對於「菊」意象於文學創作中所扮演的互補角色與雙重象徵，以及「菊」意象於文人創作中所呈現的「和」之文化精神的實踐，則可再有深入探索的空間。

第三節　研究省思：「菊」的原始意象在文學象徵中的顯現

　　本論文以巫術思維與民俗禮儀的角度，來對「菊」意象的「原始意象」進行溯源之後，即可以發現「菊」意象是一個深具巫俗效力與儀式性意涵的文化符碼，於是，這也成為本文對「菊」意象在文化層面與文人創作書寫之間的關係進行探析的可能。為了能夠深入理解「菊」意象在文學書寫與文人生命創作中所扮演的角色，本文嘗試由屈、陶開展下與「菊」意象相關的作品入手，並在了解社會情境文化的脈絡下，探究「菊」的「原始意象」在文人創作書寫中顯現的意義所在：在本文對「菊」的「原始意象」進行溯源時，「植物符號」所隱含人對植物投射的巫術思維可以做為一個探析的參照方向，可發現其中人與植物的關係，一方面在神話象徵中有著服食／服佩的「巫術──身體」概念，另一方面則在「採摘植物」的敘事中反映為「巫術──儀式」的宗教體驗。「菊」是植物的一種，而「菊」意象於「植物符號」中所承載的巫術思維方式，也進一步展現在中國文化的民俗禮儀中，此即本文所要探討的「菊」的原始意象之呈現──采菊的巫俗意義──也就是尋繹「菊」與「採摘植物」巫術遺痕的承繼關係；至於「菊」的原始意象在文學象徵中的顯現，本文則從屈賦中的「菊」與漢魏晉辭賦的發展談起，當屈賦將「蘭」、「菊」並舉之後，便自然成為後世文人在「香草美人

傳統」中所祖述的對象,其中「菊」意象的發展在漢魏晉文人服食養生的風氣之中,雖然呈現對屈賦以來服「菊」書寫的繼承,但卻顯然割裂了屈賦服「菊」書寫的儀式性意義,直到陶淵明以歸返田園的「菊──松」書寫,投射對遠古的追尋,不僅改寫「士不遇」脈絡下以「蘭」爲主的書寫方式,其「采菊」書寫更可謂直承上古語境脈絡,同時亦在重九的民俗生活中實踐采菊製酒的「採摘」巫俗儀式。此「菊──酒」主題的彰顯,不僅是對六朝服「菊」求仙書寫現象的改寫,同時也在南朝飲菊酒詩的相關創作中反覆出現,並形成承繼陶詩的「菊──酒」典型,以實行文學治療的另一種可能。

　　本論文主要是以「采菊」的巫俗意義進行對屈賦至陶詩中文學象徵的揭示,但對於「菊」的「原始意象」是否隱含有「採摘」巫儀之外的可能,以及「菊」的「原始意象」於文學象徵中的顯現問題,是否能在屈賦服「菊」書寫上另有進一步開展與溯源的面向,以上這些問題的解決,也只能有待來日再說明了。

參考書目

一、古籍文獻（按作者年代先後）

1. 〔漢〕許慎撰，〔清〕段玉裁注：《說文解字注》（臺北：漢京文化，1980 年）。

2. 〔漢〕應劭撰，王利器校注：《風俗通義校注》（臺北：明文書局，1982 年）。

3. 〔漢〕王逸撰：《楚辭章句》（臺北：藝文印書館，1974 年）。

4. 〔漢〕班固撰，〔唐〕顏師古注：《漢書》（北京：中華書局，1962 年）。

5. 〔漢〕高誘注：《淮南子》（臺北：世界書局，1991 年）。

6. 〔漢〕崔寔撰：《四民月令》（臺北：藝文印書館，1970 年）。

7. 〔漢〕劉歆撰：《西京雜記》（臺北：藝文印書館，1965 年）。

8. 〔漢〕劉歆撰：《西京雜記》（臺北：藝文印書館，1965 年）。

9. 〔漢〕劉向撰：《列仙傳》（臺北：藝文印書館，1966 年）。

10. 〔魏〕吳普等述：《神農本草經》（臺北：藝文印書館，1965 年）。

11. 〔晉〕郭璞注：《爾雅》（臺北：藝文印書館，1967 年）。

12. 〔晉〕葛洪撰：《神仙傳》（臺北：廣文書局，1989 年）。

13. 〔晉〕葛洪撰，〔清〕孫星衍校正：《抱朴子》（臺北：世界書局，1958 年）。

14. 〔南朝宋〕范曄撰，〔唐〕李賢等注：《後漢書》（北京：中華書局，1965 年）。

15. 〔南朝宋〕劉義慶撰，〔梁〕劉孝標注，楊勇校箋：《世說新語校箋》（北京：中華書局，2006 年）。

16. 〔梁〕蕭統編，〔唐〕李善注：《文選》（臺北：藝文印書館，1971 年）。

17. 〔梁〕沈約撰：《宋書》（北京：中華書局，1974 年）。

18. 〔梁〕蕭子顯撰：《南齊書》（臺北：鼎文書局，1975 年）。

19. 〔梁〕吳均撰：《續齊諧記》（臺北：藝文印書館，1967 年）。

20. 〔梁〕任昉撰：《述異記》（臺北：藝文印書館，1966 年）。

21. 〔唐〕房玄齡撰：《晉書》（北京：中華書局，1974 年）。

22. 〔唐〕沙門釋元應撰：《一切經音義》（臺北：新文豐，1980 年）。

23. 〔宋〕洪興祖撰：《楚辭補注》（臺北：大安出版社，1995 年）。

24. 〔宋〕朱熹撰：《楚辭集注》（臺北：藝文印書館，1983 年）。

25. 〔宋〕陸佃撰：《埤雅》（臺北：藝文印書館，1967 年）。

26. 〔宋〕陳元撰：《歲時廣記》（臺北：新文豐，1984 年）。

27. 〔宋〕李昉等撰：《太平御覽》（北京：中華書局，1960 年）。

28. 〔宋〕周敦頤撰：《元公周先生濂溪集》（北京：書目文獻出版社，1988 年）。

29. 〔宋〕劉蒙撰：《菊譜》（臺北：藝文印書館，1966 年）。

30. 〔宋〕范成大撰：《石湖菊譜》（臺北：藝文印書館，1966 年）。

31. 〔宋〕史正志撰：《史老圃菊譜》（臺北：藝文印書館，1966 年）。

32. 〔明〕周履靖撰：《菊譜》（臺北：藝文印書館，1966 年）。

33. 〔明〕李時珍撰：《本草綱目》（臺北市：新文豐出版公司，1987 年）。

34. 〔清〕嚴可均輯校：《全上古三代秦漢三國六朝文》（北京：中華書局，1958 年）。

35. 〔清〕丁福保編纂：《全漢三國晉南北朝詩》（臺北：藝文印書館，1975 年）。

36. 〔清〕丁福保編：《歷代詩話續編》（臺北：木鐸出版社，1988 年）。

37. 〔清〕王夫之等撰，丁福保編：《清詩話》（臺北：明倫出版社，1971 年）。

38. 〔清〕阮元校勘：《十三經注疏》（臺北：新文豐出版公司，1977 年）。

39. 〔清〕蔣驥撰：《山帶閣注楚辭》（臺北：宏業書局，1972 年）。

40. 〔清〕王夫之撰：《楚辭通釋》（臺北市：廣文書局，1979）。

41. 〔清〕陳夢雷編纂：《古今圖書集成》（成都市：中華書局，巴蜀書社，1985）。

42. 〔清〕陳元龍輯：《歷代賦彙》（北京：北京圖書館，1999 年）。

43. 〔清〕劉熙載撰：《藝概》（臺北市：廣文書局，1980 年）。

44. 〔清〕董增齡撰：《國語正義》（上海市：上海古籍，1995 年）。

45. 〔清〕蕭智漢撰：《新增月日紀古》（臺北：藝文印書館，1970 年）。

46. 〔清〕陳廷焯撰：《白雨齋詞話》（北京：人民文學出版社，1998 年）。

47. 逯欽立輯校：《先秦漢魏晉南北朝詩》（北京，中華書局，1983 年）。

48. 金開誠等校注：《屈原集校注》上冊（北京：中華書局，1999 年）。

49. 袁珂校著：《山海經校注》（台北：里仁書局，2004 年）。

50. 李公煥：《箋注陶淵明集》（臺北：台灣商務印書，1965 年）。

51. 丁仲祐：《陶淵明詩箋注》（臺北：藝文出版社，1971 年）。

52. 王叔岷：《陶淵明詩箋證稿》（臺北：藝文出版，1975 年）。

53. 余冠英：《漢魏六朝詩選》（香港：三聯書店，1993 年）。

54. 龔斌校箋：《陶淵明集校箋》（臺北：里仁書局，2007 年）。

55. 楊勇：《陶淵明校箋》（臺北：正文書局，1999 年）。

56. 臺灣中華書局編輯部編：《陶淵明詩文彙評》（臺北：臺灣中華書局，1974 年）。

57. 王毓榮：《荊楚歲時記校注》（臺北市：文津出版社，1988 年）。

58. 〔日〕守屋美都雄譯注，布目潮渢他補訂：《荊楚歲時記》，（東京：平凡社，1988 年）。

二、中文專著（按作者姓氏筆劃多寡）

1. 文崇一：《楚文化研究》（臺北：中央研究院民族學研究所，1967 年）。

2. 王國櫻：《中國山水詩研究》（臺北：聯經出版社，1986 年）。

3. 王質撰：《陶淵明年譜》（北京：中華書局，1986 年）。

4. 王立：《中國古代文學十大主題——原型與流變》（臺北市：文史哲出版社，1994 年）。

5. 王瑤：《王瑤全集》（河北：河北教育，2000 年）。

6. 王孝廉：《花與花神》（臺北市：洪範書局，1981 年）。

7.   王鍾陵:《中國中古詩歌史:四百年民族心靈的展示》(北京:人民,2005 年)。

8.   王文進:《南朝山水與長城想像》(臺北:里仁書局,2008 年)。

9.   王國瓔:《古今隱逸詩人之宗:陶淵明論析》(臺北:允晨文化,1999 年)。

10. 李辰冬:《陶淵明評論》(臺北:東大圖書公司,1975 年)。

11. 李零:《長沙子彈庫戰國楚帛書研究》(北京市:中華書局,1985 年)。

12. 李豐楙:《憂與遊:六朝隋唐遊仙詩論集》(臺北市:臺灣學生書局,1996 年)。

13. 李豐楙、劉苑如主編:《空間、地域與文化─中國文化空間的書寫與闡釋(上下)》(臺北:中國文哲研究所,2002 年)。

14. 李豐楙:《神話的故鄉──山海經》(臺北:時報文化,1998 年)。

15. 李零:《中國方術正考》(北京:中華書局,2006 年)。

16. 李零:《中國方術續考》(北京:中華書局,2006 年)。

17. 李清筠:《時空情境中的自我影像──以阮籍、陸機、陶淵明詩爲例》(臺北:文津出版社,2000 年)。

18. 李劍鋒:《元前陶淵明接受史》(濟南:齊魯書社,2002 年)。

19. 呂正惠:《文心雕龍綜論》(臺北:臺灣學生,1988 年)。

20. 何小顏:《花與中國文化》(北京:人民出版新華經銷,1999 年)。

21. 阮廷瑜著:《陶淵明詩論暨有關資料分輯》(臺北市:國立編譯館出版,1988 年)。

22. 宋公文、張君:《楚國風俗志》(武漢:湖北人民出版社,1995 年)。

23. 吳旻旻:《香草美人文學傳統》(臺北市:里仁書局,2006 年)。

24. 周策縱:《古巫醫與「六詩」考──中國浪漫文學探源》(臺北:聯經,1986 年)。

25. 周建忠:《楚辭考論》(北京:商務印書館,2003 年)。

26. 林庚:《中國文學簡史》(臺北:五南圖書,2002 年)。

27. 林淑桂:《唐代飲酒詩研究》(臺北縣:花木蘭文化,2007 年)。

28. 林明德:《中國古典文學研究叢刊──詩歌之部(一)》(臺北:巨流圖書,1977 年)。

29. 胡萬川:《眞實與想像:神話傳說探微》(新竹:清大出版社,2004 年)。

30. 秋浦：《薩滿教研究》（上海：人民出版社，1985 年）。

31. 姜亮夫：《姜亮夫全集》（昆明：雲南人民出版社，2002 年）。

32. 徐復觀：《中國藝術精神》（臺北：學生書局，1966 年）。

33. 孫作雲先生：《詩經與周代社會研究》（北京：中華出版，1966 年）。

34. 袁行霈：《陶淵明研究》（北京市：北京大學出版社，1997 年 7 月）。

35. 殷登國：《中國的花神與節氣》（臺北市：民生報出版，1983 年）。

36. 徐文武：《楚國宗教概論》（武漢：武漢出版社，2001 年）

37. 高莉芬：《漢代歌詩人類學》（臺北市：里仁書局，2007 年）。

38. 高友工：《中國美典與文學研究論集》（臺北：臺大出版中心，2004 年）。

39. 馬昌儀編：《中國神話學文論選萃》（北京：中國廣播電視，1994 年）。

40. 凌純聲《松花江下的游的赫哲族》（臺北：臺灣商務，1991 年）。

41. 陳怡良：《陶淵明之人品與詩品》（臺北：文津出版社，1993 年）。

42. 陳炳良：《神話‧禮儀‧文學》（臺北：聯經出版，1986 年）。

43. 陳寅恪：〈陶淵明之思想與清談之關係〉，《陳寅恪先生全集》（臺北：九思出版社，1977 年）。

44. 陳世驤：《楚辭資料海外編》（湖北：新華書局，1986 年）。

45. 陳世驤：〈中國抒情傳統〉，《陳世驤文存》（臺北：志文出版社，1975）。

46. 許又方：《時間的影跡——〈離騷〉晬論》（臺北市：秀威資訊科技，2003 年）。

47. 許東海：《女性‧帝王‧神仙——先秦兩漢辭賦及其文化身影》（臺北：里仁書局，2003 年）。

48. 許東海：《另一種鄉愁：山水田園詩賦與士人心靈圖景》（台北：新文豐出版社，2004 年）。

49. 黃永武：《中國詩學‧思想篇》（臺北市：巨流，1976 年）。

50. 游國恩：《楚辭論文集》（臺北市：九思出版社，1977 年）。

51. 游國恩主編：《離騷纂義》（臺北市：新文豐出版股份有限公司，1982 年）。

52. 張光直：《中國青銅時代》（臺北：聯經出版社，1983 年）。

53. 張光直：《中國青銅器時代（第二集）》（臺北：聯經，1990 年）。

54. 張光直：《美術、神話與祭祀》（臺北：稻香出版社，1993 年）。

55. 張淑香：《抒情傳統的省思與探索》（臺北：臺灣學生，1992 年）。

56. 張崇琛：《楚辭文化探微》（北京：新華出版社，1993 年）。

57. 彭兆榮：《文學與儀式：文學人類學的一個文化視野——酒神及其祭祀儀式的發生學原理》（北京：北京大學，2004 年）。

58. 傅道彬：《晚唐鐘聲：中國文學的原型批評》（北京：北京大學出版社，2007 年）。

59. 傅道彬：《中國生殖崇拜文化論》（湖北：湖北人民出版社，1990 年）。

60. 楊牧：《傳統的與現代的》（臺北：洪範書局，1979 年）。

61. 楊牧著；謝謙譯：《鐘與鼓：詩經中的套語及其創作方式》（四川：四川人民出版社，1990 年）。

62. 楊儒賓主編：《中國古代思想中的氣論及身體觀》（臺北市：巨流圖書，1993 年）。

63. 楊儒賓、黃俊傑：《中國古代思維方式探索》（臺北市：正中，1996 年）。

64. 楊儒賓：《儒家身體觀》（臺北：中央研究院中國文哲研究所籌備處，1998 年）。

65. 過常寶：《楚辭與原始宗教》（北京：東方出版社，1997 年）。

66. 葉舒憲先生《高唐女神與維納斯》（北京市：中國社會科學，1997 年）。

67. 葉舒憲：《文學人類學探索》（廣西：廣西師範大學，1998 年）。

68. 葉舒憲：《神話——原型批評》（西安市：陝西師範大學出版社，1998 年）。

69. 葉舒憲主編：《文學與治療》（北京：社會科學文獻出版社，1999 年）。

70. 葉舒憲：《原型與跨文化闡釋》（廣州：濟南大學出版社，2002 年）。

71. 葉舒憲：《詩經的文化闡釋》（西安：陝西人民出版社，2004 年）。

72. 葉舒憲：《英雄與太陽——中國上古詩的原型重構》（西安：陝西人民出版社，2004 年）。

73. 葉舒憲：《神話意象》（北京：北京大學出版社，2007 年）。

74. 葉舒憲、蕭兵、鄭在書：《山海經的文化尋踪——「想像地理學」與東西文化碰觸》（武漢：湖北人民出版社，2004 年）。

75. 葉嘉瑩：《陶淵明飲酒詩講錄》（臺北：桂冠出版社，2000 年）。

76. 葉嘉瑩：《漢魏六朝詩講錄》（臺北市：桂冠，2000 年）。

77. 葉嘉瑩：《葉嘉瑩說陶淵明飲酒及擬古詩》（北京：中華書局，2007）。

78. 聞一多：《神話與詩》（北京市：古籍出版社，1956年）。

79. 聞一多：《天問疏証》（臺北市：木鐸出版社，1982年）。

80. 聞一多：《聞一多全集》（武漢：湖北人民，1993年）。

81. 蒲慕州：《墓葬與生死:中國古代宗教之省思》（臺北市：聯經出版社，1993年）。

82. 廖蔚卿：《漢魏六朝文學論集》（臺北：大安出版社，1997年）

83. 廖蔚卿：《中古詩人研究》（臺北：里仁書局，2005年）。

84. 趙輝：《楚辭文化背景研究》（武漢：湖北人民出版社，1995年）。

85. 齊益壽：《陶淵明的政治立場與政治理想》（臺北：國立臺灣大學文學院，1968年）。

86. 廖國棟：《魏晉詠物賦研究》（臺北：文史哲，1990年）。

87. 廖國棟：《建安辭賦之傳承與拓新：以題材及主題為範圍》（臺北：文津，2000年）。

88. 熊任望：《楚辭綜論》（保定：河北大學出版社，2000年）。

89. 趙沛霖：《興的起源——歷史積澱與詩歌藝術》（北京：中國社會科學院，1987年）。

90. 劉守宜主編：《中國文學評論》第1冊（臺北：聯經出版事業，1977年）。

91. 劉揚忠：《詩與酒》（臺北：文津出版社，1994年1月初版）。

92. 劉中文：《唐代陶淵明接受研究》（北京：中國社會科學出版社，2006年）。

93. 劉本棟：《陶靖節事跡及作品編年》（臺北市：文史哲出版，1995年）。

94. 樂蘅軍：《古典小說散論》（臺北市：大安出版社，2004年）。

95. 蔡璧名：《身體與自然——以《黃帝內經素問》為中心論古代思想傳統中的身體觀》（台北市：臺灣大學出版委員會出版，臺灣大學文學院發行，1997年）。

96. 蔡英俊：《比興物色與情景交融》（臺北：大安出版社，1986年）。

97. 魯瑞菁：《楚辭中的香草美人觀：一個結合文學神話與原始宗教信仰的研究》（臺北市：行政院國科會科資中心，1998年）。

98. 魯瑞菁：《諷諫抒情與神話儀式：楚辭文心論》（臺北市：里仁書局，2002年）。

99. 魯迅:《魯迅小說史論文集》(臺北:里仁書局,1992 年)。

100. 鄭金川:《梅洛——龐蒂的美學》(臺北:遠流,1993 年)。

101. 鄭志明:《中國社會的神話思維》(臺北:谷風出版社,1993 年)。

102. 鄭毓瑜:《六朝情境美學》(臺北:里仁書局,1997 年)。

103. 鄭毓瑜:〈性別與家國:漢晉辭賦的楚騷論述〉(臺北市:里仁書局,2000 年)。

104. 鄭毓瑜:《文本風景——自我與空間的相互定義》(臺北市:麥田出版,2005 年)。

105. 鄭良樹:《辭賦論集》(臺北:學生書局,1998 年)。

106. 錢林森主編:《牧女與蠶娘:法國漢學家論中國古詩》(上海市:上海古籍,1990 年)。

107. 蕭兵:《楚辭文化》(北京:中國社會科學出版社,1990 年)。

108. 蕭兵:《楚辭的文化破譯》(武漢:湖北人民出版社,1991 年)。

109. 錢志熙:《唐前生命觀和文學生命主題》(北京市:東方,1997)。

110. 錢鍾書:《管錐編》(北京:中華書局,1986 年)。

111. 蕭兵:《楚辭與美學》(臺北市:文津出版社,2002 年)。

112. 鍾優民:《陶淵明論集》(長沙:湖南人民出版社,1981 年)。

113. 鍾優民:《陶學史話》(臺北市:允晨文化出版,1991 年)。

114. 蘇雪林:《屈賦論叢》(臺北市:國立編譯館中華叢書編審委員會編印,1980 年)。

三、外文譯著

1. 〔日〕白川靜著,杜正勝譯:《詩經研究》(臺北:幼獅文化公司,1982 年)。

2. 〔日〕白川靜著,王巍譯:《中國古代民俗》(瀋陽:春風文藝出版社,1991 年)。

3. 〔日〕藤野岩友著,韓基國譯:《巫系文學論》(重慶:重慶出版社,2005 年)。

4. 〔日〕伊藤清司著,劉曄原譯:《山海經中的鬼神世界》(北京:中國民間文藝出版社,1990 年)。

5. 〔美〕米爾恰‧伊利亞德著,楊素娥譯,胡國楨校閱:《聖與俗:宗教的本質》(臺北縣:桂冠,2000 年)。

6. 〔美〕米爾恰‧伊利亞德著,楊儒賓譯:《宇宙與歷史——永恆回

歸的神話》（臺北：聯經出版，2000 年）。

7. 〔美〕米爾恰·伊利亞德著，晏可佳、姚蓓琴譯：《神聖的存在》
    （桂林：廣西師範大學，2008 年）。

8. 〔美〕蘇珊·朗格著，劉大基、傅志強、周發祥譯：《情感與形式》
    （臺北市：商鼎文化，1991 年）。

9. 〔美〕孫康宜著，鍾振振譯：《抒情與描寫──六朝詩歌概論》（臺
    北：允晨文化，2001 年）。

10. 〔英〕弗雷澤著，汪培基譯：《金枝：巫術與宗教之研究》（臺北市：
    桂冠圖書，1991 年）。

11. 〔英〕馬凌諾斯基著，朱岑樓譯：《巫術、科學與宗教》（臺北：協
    志工業，1978 年）。

12. 〔英〕泰勒著，連樹聲譯：《原始文化：神話、哲學、宗教、語言、
    藝術和習俗發展之研究》（桂林：廣西師範大學，2005 年）。

13. 〔英〕維克多·特納著，趙玉燕、歐陽敏、徐洪峰譯：《象徵之林
    ──恩登布人儀式散論》（北京：商務印書館，2006 年）。

14. 〔德〕胡塞爾著，李幼蒸譯：《純粹現象學通論》（臺北：桂冠圖書，
    1994 年）。

15. 〔德〕卡西勒著，甘陽譯：《人論──文類文化哲學導引》（臺北：
    桂冠圖書，1997 年）。

16. 〔德〕恩斯特·卡西勒著，黃龍保、周振選譯：《神話思維》（北京
    市：中國社會科學出版發行，1992 年）。

17. 〔德〕卡西勒著，于曉譯：《語言與神話》（臺北：桂冠圖書，1998
    年）。

18. 〔德〕埃利希·諾伊曼著，李以洪譯：《大母神──原型分析》（北
    京市：東方出版社，1998 年）。

19. 〔法〕傅柯著，劉北城，楊遠嬰譯：《規約與懲罰》（臺北：桂冠圖
    書，1992 年）。

20. 〔法〕王德威譯：《知識的考掘》（臺北：麥田，1998 年）。

21. 〔法〕路先·列維──布留爾著，丁由譯：《原始思維》（臺北市：
    臺灣商務，2001 年）。

22. 〔法〕莫里斯.梅洛龐蒂著，姜志輝譯：《知覺現象學》（北京：商
    務印書館，2001 年）。

23. 〔法〕葛蘭言（Marcel Granet）著，趙丙祥、張宏明譯：《古代中
    國的節慶與歌謠》（桂林：廣西師範大學出版社，2005 年）。

24. 〔瑞士〕卡爾・古斯塔夫・榮格著，馮川、蘇克編譯：《心理學與文學》（臺北：久大文化股份有限公司，1994 年）。

25. 〔加〕諾思羅普・弗萊著，陳慧、袁憲君、吳偉仁譯：《批評的解剖》（天津市：百花文藝出版社，2006 年）。

26. 〔奧〕佛洛伊德：《圖騰與禁忌》（臺北：知書房，2000 年）。

四、單篇論文（按作者姓氏筆劃多寡）

1. 川合康三：〈中國自傳文學中的自我意識〉，宣讀於「中國文學的抒情傳統研習營」（2004 年 11 月 22～26 日），頁 1～8。

2. 吉川幸次郎著，鄭清茂譯：〈推移的悲哀〉，《中外文學》第六卷四、五期（1977 年 9、10 月），頁 24～55、113～131。

3. 李豐楙：〈服飾、服食與巫俗傳統——從巫俗觀點對楚辭的考察之一〉，《古典文學（第三集）》（臺北：臺灣學生，1981 年），頁 71～96。

4. 李豐楙：〈服飾與禮儀：「離騷」的服飾中心說〉，《中國文哲研究叢集》（第十四期，1999 年 3 月），頁 1～49。

5. 李豐楙：〈嵇康養生思想之研究〉，《靜宜學報》第二期（1979 年 6 月），頁 37～66。

6. 李豐楙：〈葛洪養生思想之研究〉，《靜宜學報》第二期（1980 年 6 月），頁 97～137。

7. 江建俊：〈由劉伶「酒德頌」談到魏晉名士之酒德〉，《魏晉南北朝文學與思想學術研討會論文集》（臺北：文史哲，1991 年），頁 599～613。

8. 沈凡玉：〈陶淵明「讀山海經十三首」中的死亡超越〉，《中國文學研究》第 13 期（1999 年 5 月），頁 335～356。

9. 林智莉：〈陶淵明「飲酒二十首」的三重悲哀〉，《中國文學研究》第 13 期（1999 年 5 月），頁 269～286。

10. 高莉芬：〈六朝詩賦合流現象之一考查——賦語言功能之轉變〉，《第三屆國際辭賦學學術研討會論文集》（臺北：政大中文，1996 年），頁 187～206。

11. 高莉芬：〈《山海經》的閱讀與重述：陶淵明〈讀山海經〉的多重文本〉，宣讀於「第六屆魏晉南北朝文學與思想」國際學術研討會（2009 年 4 月 17～18 日），頁 1～11。

12. 高莉芬：〈春會的儀典與象徵：「邂逅採桑女」的文學原型分析〉，《中州學刊》第 3 期（2003 年）。

13. 高莉芬：〈水的聖域：兩晉江海賦的原型與象徵〉，《政大中文學報》第 1 期（2004 年 6 月），頁 113～148。

14. 高秋鳳：〈臺灣楚辭學研究六十年（1946～2005）〉，《國文學報》第 40 期（臺北：國立臺灣師範大學國文學系，2006 年，12 月），頁 257～272。

15. 陳夢家先生：〈高禖郊社祖廟通考〉，《清華學報》第 12 卷第 3 期，1936 年。

16. 尉天驄：〈從陶淵明的飲酒詩談起〉，《文藝月刊》第 43 期（1973 年 1 月），頁 21～24。

17. 許東海：〈歸返、夢幻、焦慮：從陶、柳辭賦論歸田書寫的文類流變及其創作意蘊〉，《漢學研究》第 22 卷第 1 期（2004 年 6 月），頁 47～80。

18. 陳怡良：〈陶淵明詩賦的《楚辭》淵源研究〉，《六朝學刊》第 1 期（2004 年 12 月），頁 1～29。

19. 許又方：〈路曼曼其脩遠兮——論〈離騷〉中的時空焦慮〉，《東華人文學報》第 3 期（2001 年 7 月），頁 381～416。

20. 許又方：〈以「時間」做爲《九歌》詮釋的進路〉，《淡江中文學報》第 14 期（2006 年 6 月），頁 33～61。

21. 張淑香：〈抒情自我的原型——屈原與「離騷」〉，《臺靜農先生百歲冥誕學術研討會論文集》（臺北：臺灣大學中文系，2001 年），頁 47～74。

22. 黃淑貞：〈陶淵明「飲酒」詩試探〉，《中國文化月刊》第 233 期（1999 年 8 月），頁 112～127。

23. 黃俊傑：〈中國思想史中「身體觀」研究的新視野〉，《中國文哲研究集刊》第 20 期（2002 年 3 月），頁 541～564。

24. 楊玉成：〈田園組曲：論陶淵明《歸園田居》五首〉，《國文學誌》第 4 期（2000 年 12 月），頁 193～231。

25. 楊儒賓：〈離體遠遊與永恆的回歸——屈原作品反應出的思考型態〉，《國立編譯館館刊》第 22 卷第 1 期（1993 年 6 月），17～48。

26. 楊儒賓：〈吐生與厚德——土的原型象徵〉，《中國文哲研究集刊》第 20 期（2002 年 3 月），頁 383～445。

27. 楊樹帆：〈采草習俗與獻身祭神儀式——詩經原型研究之一〉，《西南民族學院學報》第 3 期（1996 年），頁 116～121。

28. 廖棟樑：〈古代〈離騷〉「求女」喻義詮釋多義現象的解讀—兼及反思古代《楚辭》研究方法〉，《輔仁學誌：人文藝術之部》第 27

期（2000 年 12 月），頁 1～26。

29. 廖棟樑:〈痛飲酒、熟讀〈離騷〉——簡論六朝士人對屈原的解讀〉，《中國文哲研究通訊》第八卷第四期（1998 年 12 月），頁 67～78。

30. 齊益壽:〈陶淵明的宦遊詩〉，《毛子水先生九五壽慶論文集》（臺北：幼獅出版社，1987 年），頁 205～226。

31. 齊益壽:〈傷老悲志中的省思——陶淵明〈雜詩〉前八首析論〉，《世新中文研究集刊》創刊號（2005 年 6 月），頁 12～13。

32. 鄭毓瑜:〈身體時氣感與漢魏「抒情」詩——漢魏文學與楚辭、月令的關係〉，《漢學研究》第 45 期（2004 年 12 月），頁 1～34。

33. 蔡瑜:〈試從身體空間論陶詩的田園世界〉，《清華學報》第 34 期第 1 卷（2004 年 6 月），頁 151～180。

34. 蔡瑜:〈從飲酒到自然——以陶詩爲核心的探討〉，《臺大中文學報》第 22 期（2005 年 6 月），頁 223～268。

35. 蔡瑜:〈陶淵明的生死世界〉，《清華學報》第 38 期第 2 卷（2008 年 6 月），頁 327～352。

36. 蔡瑜:〈人境的自然——陶淵明的自然新義〉宣讀於「重探自然——人文傳統與文人生活」國際學術研討會（2008 年，6 月 26～27 日）。

37. 賴錫三先生〈〈桃花源記并詩〉的神話、心理學詮釋——陶淵明的道家式「樂園」新探〉，《中國文哲研究集刊》第 32 期（2008 年 3 月），頁 1～40。

38. 賴錫三:〈《莊子》精、氣、神的功夫和境界——身體的精神化與形上化之實現〉，《漢學研究》第 45 期（2004 年 12 月），頁 121～154。

39. 賴錫三:〈《莊子》「眞人」的身體觀——身體的「社會性」與「宇宙性」之辯證〉，《臺大中文學報》14 期（2001 年 5 月），頁 1～34。

40. 盧明瑜:〈陶淵明〈讀山海經十三首〉神話運用及文學内蘊之探討〉，《中國文學研究》第八期（1994 年 5 月），頁 261～294。

41. 顏崑陽:〈漢代「楚辭學」在中國文學批評史上的意義〉，《中國詩學會議論文集第二輯》（彰化：彰化師大，1994），頁 181～251。

五、學位論文（按作者姓氏筆劃多寡）

（一）博士論文

1. 李豐楙:《魏晉南北朝文士與道教關係》（臺北：政治大學中文研

究所博士論文，1978 年）。

2. 吳旻旻：《香草美人傳統研究——從創作手法到閱讀模式的建立》
（臺北：台灣大學中文系博士論文，2002 年）。

3. 許又方：《虹霓的原始意象在中國文學中的表現及意義》（臺北：
政治大學中文系博士論文，1997 年）。

4. 楊玉成：《陶淵明文學研究：語言與民間禮儀的綜合分析》（臺北：
政治大學中文研究所博士論文，1993 年）。

（二）碩士論文

1. 李紫琳：《詩意地棲居：楚辭中的空間感與身體感》（花蓮：東華
大學中文系碩士論文，2007 年）。

2. 吳旻旻：《漢代楚辭學研究——知識主體的心靈鏡像》（嘉義：國
立中正大學中文系碩士論文，1997 年）。

3. 陳靜利：《詩經草木意象》（臺北台灣師範大學國文系碩士論文，
1998 年）。

4. 陳曉雯：《屈作神話研究》（臺北：臺灣師範大學國文系碩士論文，
2004 年）。

5. 陳溫如：《魏晉時期花木賦研究》（臺北：臺灣師範大學國文系碩
士論文，2005 年）。

6. 黃巧妮：《陶淵明飲酒詩之意象研究》（彰化：彰化師範大學，2007
年）。

7. 鄭淳云：《人與自然的對話——陶詩自然意象研究》（臺北：臺灣
師範大學國文系碩士論文，2005 年）。